KB196336

한국의 슈바이처 장기려 박사 이야기

할아버지 손은 약손

그림

이유진

프리랜스 일러스트레이터로 활동하고 있습니다.
언제나 재미있는 그림을 그리려고 노력하는 작가입니다.

할아버지 손은 약손

초판　1쇄 발행	1992년 10월　5일
초판 15쇄 발행	2000년　3월 15일
2판　1쇄 발행	2000년　8월 30일
2판　7쇄 발행	2002년　7월　5일
3판　1쇄 발행	2004년　5월　1일
3판　2쇄 발행	2005년　4월 20일
4판　1쇄 발행	2005년 12월 10일
4판　4쇄 발행	2008년　9월 20일
5판　1쇄 발행	2011년　3월 15일
5판　9쇄 발행	2022년 10월 20일
개정판　1쇄 발행	2025년　1월 20일

지 은 이　　한수연
그 린 이　　이유진
펴 낸 이　　한승수
펴 낸 곳　　문예춘추사

편　　집　　구본영
디 자 인　　박소윤
마 케 팅　　박건원, 김홍주

등록번호　　제300-1994-16
등록일자　　1994년 1월 24일

주　　소　　서울특별시 마포구 동교로 27길 53, 309호
전　　화　　02 338 0084
팩　　스　　02 338 0087
메　　일　　moonchusa@naver.com

I S B N　　978-89-7604-702-1　73810

어린이제품 안전특별법에 의한 기타표시사항
제품명 도서 | **제조자명** 문예춘추콘텐츠그룹(주) | **제조국명** 한국 | **전화번호** (02)338 - 0084
주소 03991 서울특별시 마포구 동교로 27길 53 지남빌딩 309호 | **제조년월** 2025년 1월 20일 | **사용연령** 8세 이상

한국의 슈바이처 장기려 박사 이야기

할아버지 손은 약손

한수연 지음
이유진 그림

문예춘추사

차례

장기려라는 한 의사의 삶 속에는
우리 민족이 나라를 빼앗겼던 슬픔,
가족과 헤어지게 만든 분단의 아픔이 그대로 녹아 있습니다.
우리 곁에서 소외된 사람들을 위해 인술을 베풀다 간
장기려 박사의 이야기는 우리 어린이들의 귀감이 됩니다.

기도 속에 자란 소년

"하나님, 우리 금강석이 하나님 나라와 이 세상에서 크게 쓰이는 사람이 되게 하소서."

기려는 오늘도 할머니의 기도 소리에 눈을 떴다.

어느새 장지문 밖에는 푸른 새벽이 와 있었다.

지난 가을, 어머니가 창호지 사이에 붙인 국화잎이 새벽빛에 또렷이 떠오르고 있었다.

할머니의 기도 소리에 눈을 뜨면 가장 먼저 쳐다보는 것이 이 국화잎이다.

이상한 일이었다.

왜 달 밝은 밤이 되면 어머니가 문에 붙인 저 국화잎이 어둑선이의 눈처럼 느껴져서 무서운 것일까?

어둑선이는 맨발로 사는 밤도깨비라고 했다.

어둑선이가 밤마다 남의 집 댓돌 위에서 서성거리는 것은 그의 발에 맞는 신발을 찾기 위해서라고 한다.

기려는 한 번도 본 적이 없지만 신발을 찾아온 어둑선이가 창호지 사이로 방을 들여다보는 것만 같아 가슴이 죄였다.

지난밤에도 기려는 희미한 어둑선이의 발소리를 들었다.

밤새도록 자기 발에 신발을 맞추다가 끝내 못 찾고 새벽닭 울음소리에 놀라 달아난다는 어둑선이.

그 어둑선이가 무서우면서도 조금 가엾게 느껴지는 것은 아랫마을에 사는 율례 누나의 맨발이 생각나서일 것이다.

어쩐 일인지 정신을 놓아 버린 율례 누나는 동네 아이들의 놀림감이었다.

얼어서 시퍼렇게 된 맨발로 언제나 웃고 있는 율례 누나가 밤이면 어둑선이로 변해서, 잃어버린 신발을 찾으러 온 것인지도 모른다고 상상해 보았다.

"할머니도 어둑선이가 달아나는 발소리를 들었어요?"

새벽이 온 것에 안심이 된 기려는 이불 속에서 고개를 조금 내밀었다.

할머니는 기도를 하다 말고 어린 손자의 손을 더듬어 꼭 쥐었다.

고사리 같은 손에 땀이 촉촉하고 이마 위의 머리카락도 젖어 있었다.

할머니는 손사가 몸이 허약한 것이 늘 걱정스러웠다.

게다가 이런 손자에게 어둑선이니 낮도깨비 같은 이야기를 들려준 며느리가 조금은 원망스럽기도 했다.

그러나 할머니는, '그따위 것들은 없다는데 또 뭘 무서워하느냐?'라고 말하고 싶지는 않았다.

할머니도 어린 날에는 어둑선이와 낮도깨비 이야기가 무서우면서도 재미있었기 때문이다.

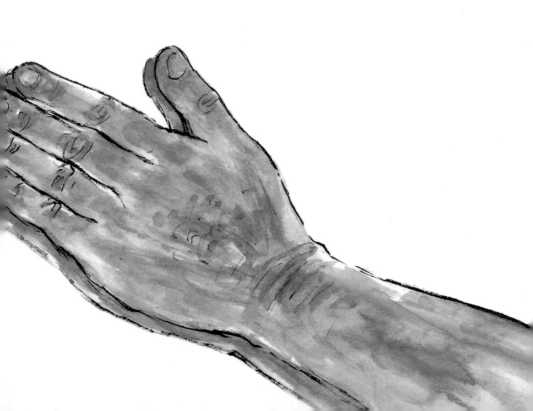

"오, 우리 금강석이 깼구나. 그래 또 어둑선이의 발소리를 들었다고? 할머니 귀엔 오동잎 떨어지는 소리밖에 안 들리던데."

할머니는 몸이 약하고 유달리 겁이 많은 손자를 위하여 금강석처럼 단단하고 귀하게 쓰이는 사람이 되라고 〈금강석〉이라는 별명을 지어 불렀다.

젖 떨어지고부터 할머니의 품속에서 자란 기려는 어머니보다 할머니를 더 사랑했다.

기려는 할머니에게서 듣는 옛말(성경 이야기)을 좋아했고, 할머니가 주는 곶감과 알밤은 그 옛말보다 더 좋아했다.

어머니는 약속을 지키지 못하는 일에는 어김없이 회초리를 드는 엄한 분이었다.

약속을 어기는 아이는 밤에 어둑선이를 만난다는 것도 어머니에게서 들은 이야기였다. 어머니와의 약속은 엿을 먹은 뒤에 찬물을 마시지 않는다는 것이었다.

몸이 약한 기려는 찬물을 마시면 곧잘 배탈이 났다.

그러나 엿을 먹으면 반드시 찬물이 마시고 싶어졌다.

엿을 먹은 뒤의 갈증과 어둑선이를 만난다는 일이 서로 싸우다가 이기는 것은 언제나 찬물 쪽이었다.

배탈이 나면 밤이라도 할머니가 뒷간까지 따라와 줄 것이며,

귀가 밝은 어둑선이는 할머니의 발소리를 듣고 멀리 달아나 버릴 것도 기려는 알고 있었다.

기려는 찬물을 마신 사실을 숨기지 않았다.

"어머니, 엿을 먹고 또 찬물을 마셨어요. 그래서 배탈이 나려고 해요."

어머니는 배탈이 나기도 전에 스스로 회초리를 들고 뛰어오는 아들이 귀여웠다.

하지만 무엇보다 약속을 꼭 지키는 사람으로 커야 한다고 생각했기 때문에 어머니는 어린 아들의 손에서 회초리를 받아 들었다.

"사내 녀석이 이렇게 차심이 없어서야!"

따끔거리는 회초리가 두어 번 여린 종아리를 훑고 지나갔다.

"다시는 엿 먹고 찬물 마시지 말아라."

"예."

기려는 어머니의 손에서 회초리를 받아 마루 구석에 세워 놓고는 할머니 방으로 쪼르르 뛰어갔다. 배가 아프기 전에 할머니의 기도를 듣기 위해서였다.

"할머니, 금강석이 또 찬물을 마셨어요. 어서 기도해 주세요."

"어미에게 회초리를 맞고 왔느냐?"

기려는 어머니 앞에선 여린 종아리를 보이고, 할머니 앞에서는 뜸 자국이 여기저기 나 있는 배를 걷어 보인다.

"하나님, 우리 금강석이가 또 찬물을 마셨나 봅니다."

여기까지 할머니가 말하면,

"하나님, 어서 배가 안 아프게 만져 주셔요."

기려가 급한 목소리로 이렇게 기도를 맺었다.

기려는 할머니가 아침저녁으로 부르는 하나님이 할머니와 아주 친하다는 것을 어느새 알고 있었다.

"애야, 네가 태어날 때 이 오른쪽 뺨에 밤알만 한 혹이 있었단다."

"그런데 할머니, 지금은 그 혹이 어디 갔어요?"

"이 할미가 몇 달 동안 하나님께 기도를 드렸지. 우리 금강석이 혹을 없애 주시라고."

"빨리 그다음 얘기를 해 주셔요."

할머니가 기려의 배를 만져 줄 때면 곧잘 하는 이야기라서 기려는 훤히 알고 있었다.

그러나 짐짓 모르는 체하고 할머니의 다음 말을 기다리는 것도 퍽 재미있었다.

할머니도 두 눈을 꼭 감고 누워 다 알고 있는 이야기를 채근하는 어린 손자가 사랑스러웠다. 그래서 어디 먼 곳 낯모르는 아이의 일인 듯 느릿느릿 이야기를 이어 간다.

"하나님이 할미의 기도 소리를 들으시고 우리 방을 내려다보셨지."

"지붕이 있는데 어떻게 방안을 다 보셨을까?"

"하나님은 저 땅속 깊은 곳도 다 보시고 보리싹도 틔워 주시는데 이따위 지붕이 무슨 문젠가?"

"참! 그렇지."

"하나님께서도 아셨단다. 금강석이란 아이가 이 나라에서 큰 일꾼이 될 것을⋯⋯."

할머니는 잠시 뜸을 들이시고는,

"큰 일꾼 될 아이의 뺨에 혹이 달려 있으면 보기가 싫을 것 아니냐? 하나님은 그것까지도 다 아시고 혹을 조금씩 삭여 주셨지. 어디 만져 보아라."

"어, 정말 혹이 없어요, 할머니."

"어디 그뿐이냐? 이 정수리에도 뜸 뜬 자국이 있고, 여기 배꼽에도 뜸 자국이 있지. 금강석이는 까무러치기도 잘하고 배탈도 잘 났어. 교회 목사님께서 밤중이라도 오셔서 뜸도 뜨시고 기도로 낫게 해 주셨지."

"목사님도 하나님과 참 친하구나!"

"그럼, 목사님은 이 할미보다도 더 친하시지."

이러는 동안 배의 아픔은 지나가 버린다.

기려는 어둑선이와 낮도깨비가 있다는 것을 믿었고, 할머니와 하나님이 아주 친하다는 것도 믿었다.

그리고 하나님과 친한 할머니의 기도는 반드시 이루어진다는 것도 믿었다.

기도로 나았다는 오른쪽 뺨의 혹은 임파관종으로 세월이 지나면 저절로 삭아진다는 것을 의학 공부를 하면서 알게 되었다.

그러나 할머니가 그때 거짓말을 하신 것이라고는 생각하지 않았다.

무엇이나 믿기를 잘 하는 소년 장기려는 1911년 음력 8월 14일, 평안북도 용천군 양하면 입암동에서 한학자인 아버지 장운섭과 어머니 최윤경의 첫아들로 태어났다.

고향 사람들은 기려의 아버지 장운섭을 두고 장 향유사라고 불렀다.

향유사란 향교의 중책을 맡은 사람에게 붙여 주는 존칭이었다. 아버지가 마을의 모든 일을 앞장서서 처리할 뿐만 아니라 뛰어난 글솜씨며 신학문과 구학문에 두루 통하는 사람이기 때문에 고향 사람들이 그렇게 부르는 것 같았다.

아버지는 고향에 의성소학교를 설립하여 자라나는 아이들을 신학문에 눈뜨게 해 주었고, 독립투사들에게 비밀리에 돈을 보내 주기도 했다.

기려가 태어나던 무렵은 대한 제국이 나라를 지킬 힘이 약해 이웃 일본에게 강제로 통치권을 빼앗긴 다음이었다.

이에 뜻있는 사람들이 다시 일본으로부터 조국을 찾으려고 나라 안팎에서 독립 운동을 하고 있었다.

아버지 장 향유사는 사랑에서 손님을 대접하며 큰소리로 떠들며 웃기도 잘 하였으나 손님들이 돌아가고 나면 엄숙한 얼굴로 글씨를 쓰며 깊은 생각에 잠겨 있었다.

그런 아버지의 모습을 보면 기려는 여느 때와 같이,

"아버지, 옛말 들려주셔요."

하던 말을 목 안으로 삼킬 수밖에 없었다.

할아버지 때부터 700석지기 농사를 거두는 유복한 집안에서 어린 시절을 보낸 기려는, 할머니의 넘치는 사랑 때문인지 무서움 많고 곧잘 울어 버리는 마음 약한 소년이었다. 마음대로 안 되면 째째 운다 하여 동네 아이들이 째째라고 불렀다.

6세가 될 때까지 어둑선이와 낮도깨비를 무서워했던 기려를, 어느 날 아버지가 사랑방으로 불러들였다.

뒷마당 오동나무에 새움이 돋아나는 이른 봄날이었다.

아버지는 사랑에서 먹을 갈고 있다가 병치레를 많이 한 탓인지 얼굴빛이 창백하고, 또래들 중에서도 유독 키가 작은 아들을 바라보았다.

조금 전까지만 해도 엿을 먹고 또 찬물을 마셨다고 정직하게 말해서 어머니에게 회초리를 맞았던 기려였다.

언제부터 생긴 감정인지는 모르지만 아버지에게 회초리를 맞는 모습을 보이는 것이 부끄러웠다.

사내 녀석이 참을 못한다고 회초리를 들 때마다 하는 어머니의 말이 마음에 걸린 것일까.

"오늘은 이것을 한번 읽어 보자꾸나."

아버지는 서랍 속에서 책 한 권을 꺼냈다.

아버지가 직접 쓴 천자문이었다.

"기려야, 이 책 속에는 하나님이 지으신 이 세상의 모든 것을 나타내는 글자가 다 들어 있단다. 알고 싶지 않으냐?"

"알고 싶어요, 아버지."

무릎걸음으로 다가앉는 아들에게 아버지는 검은 글자를 한 자씩 짚어 가며 설명해 주었다.

"이것은 저 하늘이라는 뜻으로 '하늘 천'이라고 한단다. 어디 아버지를 따라서 해 보아라.”

“하늘 천(天).”

“하늘 밑에는 무엇이 있느냐?”

“땅이 있어요.”

“그렇지. 이것은 땅이라는 뜻으로 ‘따 지’라고 읽는단다.”

“따 지(地).”

“세상에는 하늘과 땅이 있지. 그 하늘은 우리가 사는 곳과 너무 멀어 까마득하다 하여 ‘검을 현(玄)’이라고 하고, 우리가 사는 이 땅은 그 빛이 누렇기 때문에 ‘누를 황(黃)’이라고 읽지.”

어린 기려는 아버지에게 배우는 천자문이 무척 재미있었다.

처음 배우는 글자들이지만 하늘과 땅, 밤과 낮, 해와 달과 별 등이 글자로 쓰여 있다는 것이 무척 신기했다.

이 세상 모든 것을 만드신 분이 하나님이라고 할머니에게서 이미 들어 알고 있는 기려는, 아버지가 가리키는 글자 하나하나가 정답게 느껴지기만 했다.

이렇게 시작한 천자문을 아버지와 몇 번 읽고 나자, 기려는 혼자서도 다 욀 수 있을 것만 같았다.

“아버지, 이젠 저 혼자서 한번 해 보겠어요.”

“어디, 정말 그럴 수 있겠느냐?”

아버지 장 향유사는 믿어지지 않는다는 표정으로 아들을 바라보았다.

아침녘에 시작한 천자문을 한나절에 외울 수 있다니 당연히 믿을 수 없었다.

그러나 다음 순간 장 향유사는 어린 아들의 입에서 누에실처럼 그침없이 풀려 나오는 낭랑한 천자문을 들었다.

아버지는 아들이 천자문을 다 욀 때까지 눈을 뜰 수가 없었다.

마치 하늘로부터 눈부신 빛다발이 쏟아져 내리는 듯한 환상에 빠져 있었다.

몇 군데를 더듬거렸으나 여섯 살 어린아이로선 완벽한 천자문 암송이었다.

"아버지, 다 외웠어요."

"뜻까지 알고 그렇게 외웠느냐?"

"뜻은 잘 모릅니다. 그냥 외우는 것이 재미있어요."

아버지는 그제서야 감은 눈을 뜨고 아들을 바라보았다.

그저 재미가 있어 외웠다는 어린아이다운 말에 아버지는 웃지 않을 수 없었다.

마침 이웃집에 사는 아버지의 친구 김광환 아저씨가 왔다가 사랑 뜰 앞에서 이 광경을 지켜보고 있었다.

"아니, 우리 금강석이가 천자문을 단숨에 외웠다고? 장 향유사, 이거 예삿일이 아니외다. 술 한 턱 낼 일이 아니오?"

아버지는 흐뭇한 모습으로 김광환 아저씨를 맞았다.

"이제 나가서 놀아도 좋다."

"예, 아버지."

기려는 마루를 내려서다 말고 김광환 아저씨의 흘러내린 바지춤을 보았다. 유난히 배가 나온 아저씨가 큰 배를 내밀고 다니는 것이 몹시 우스꽝스러웠다.

기려는 몇 번 고개를 갸웃거리다가 바지춤을 가리키며 갑자기 소리쳤다.

"배 복, 배 복."

그러고는 깔깔거리며 달아나 버렸다.

"아니, 저 녀석이 내 배를 보고 배 복, 배 복······."

김광환 아저씨는 너무 감격한 나머지 말끝을 맺지 못했다.

기려가 천자문을 한나절에 다 외웠다는 소문이 사람 좋은 김광환 아저씨의 입을 통해 온 마을에 전해졌다.

장 향유사 댁 도련님이라고 귀여움을 받아 오던 기려는, 이젠 신동이라고 가는 곳마다 칭찬이 자자했다.

할머니를 따라 예배당에 가도 칭찬이 따라왔고, 아버지의 사랑에 손님이 모일 때도 으레 기려의 이야기가 나왔다.

"경사구려, 댁의 아드님이 영특하다고 소문이 났습니다."

"아직 아이로만 생각했는데……, 인제 서당에 보내야겠습니다."

서당을 마치고, 7세가 되자 기려는 작은 아버지가 교장으로 있는 의성소학교에 입학했다. 의성소학교는 신학문을 가르치는 곳이었다.

기려가 소학교에 입학할 그 즈음은 일본이 조선 학생들에게 일본어만 가르치게 하던 때였다.

그러나 의성소학교에서는 높은 사람이 학교에 오는 날에만 일본어를 가르쳤을 뿐, 민족혼을 잃지 않도록 학생들에게 조선어를 가르쳤다.

기려의 사촌형인 장기원은 중학교를 졸업하고 고향에 돌아와 의성소학교에 선생님으로 있었다.

기려는 산수와 성경에 누구보다도 뛰어났다.

할머니와 아버지에게서 재미로 듣던 옛말(성경)을 선생님을 통해서 다시 들을 때면 기려의 눈이 유난히 빛나곤 했다.

꿈 풀이를 잘한 요셉이 자기를 이스마엘 상인에게 팔아 버린 형들을 용서해 주며, 수많은 애굽 사람들을 흉년에서 구해 주는 이야기에서 기려는 어느 틈에 나라를 잃은 조선 민족의 슬픔을 보았다.

'하나님이 내게도 요셉처럼 일본에게서 우리 동포를 구할 힘을 주셨으면……, 아! 나는 요셉처럼 되고 싶다.'

기려는 작은 주먹을 꼭 쥐었다.

다윗왕처럼 천하를 호령하며 블레셋과 같은 일본을 물리치고 우리나라를 독립시키는 꿈도 꾸었다.

성경 공부 시간에 만난 요셉이나 다윗왕이 너무도 훌륭해서 장차 그런 사람이 되리라고 마음속으로 다짐하고부터는 학교를 오가는 길에서 김광환 아저씨를 만나도 전처럼 즐겁지 않았다.

기려의 집은 김광환 아저씨의 마당을 지나가게 되어 있었다.

천자문을 외운 이후로 김광환 아저씨는 기려를 붙들고 자기의 배를 보여 주며 무엇이라고 하느냐고 묻기를 좋아했다.

기려도 아저씨의 검은 배꼽을 보는 것이 재미있어서 큰소리로 '배 복' 하고 외치면 아저씨는 '잘한다, 잘 해' 하며 칭찬해 주시곤, 주머니 속에서 알밤이나 호두 같은 것을 꺼내 주셨다.

그러나 다윗이나 요셉 같은 용감한 사람이 되고 싶다고 생각한 뒤로는 '신동'이라는 칭찬에 우쭐해지는 일이 어쩐지 사내답지 못한 것처럼 느껴졌다.

더구나 아저씨의 칭찬을 받고 싶거나 알밤을 얻어 먹으려고 일부러 발소리를 탕탕 내며 뛰어서 지나가던 일이 부끄러웠다.

　기려가 고양이 걸음으로 김광환 아저씨네 마당을 지나려는데 벌써부터 아저씨가 기다렸다는 듯이 커다란 손으로 기려를 붙잡고 말았다.

　"이거 어떻게 읽니?"

　아저씨는 벌써부터 바지춤을 반쯤 내려놓고 기다리고 있었던 것이다. 그리고 그의 검은 배꼽을 가리키며 기려가 '배 복' 하면 웃으려고 윗입술까지도 벌써 실룩거리고 있었다.

　"이제 '배 복' 안 할 거예요."

　기려의 뜻밖의 말에 놀란 아저씨는 얼른 바지춤을 올려 배꼽을 가렸다.

　"아니, 왜?"

　"칭찬 듣기만 좋아하는 건 용감한 사내가 아니에요. 나는 요셉이 될래요, 다윗왕처럼 될래요."

　그러나 김광환 아저씨의 서운해 하는 얼굴과 마주친 기려는 목소리를 조금 낮추고 고쳐서 말했다.

　"아저씨, 그럼 오늘만 할게요. 배 복, 배 복!"

　"그럼 나도 오늘만……, 잘한다, 잘해."

　그날 이후로 김광환 아저씨는 기려가 그의 마당을 뛰어서 지나
다녀도 내다보지 않았다.

　어쩌다 아저씨와 마주치면 그냥 빙긋이 웃어 보일 뿐, 그의 검
은 배꼽은 다시 볼 수 없었다.

　아저씨가 불러 주지 않는 것은 조금 서운한 일이지만, 그럴 때
마다 기려는 자신이 요셉이나 다윗왕처럼 용감해져 간다고 생각

했다.

기려가 동무들과 놀면서 놀이에 지면 곧잘 째째 울음을 터뜨리던 못난 버릇이 사라진 것도 그 즈음이었다. 장지문에 떠오른 국화잎을 보고 어둑선이의 눈이라고 무서워하지 않았고, 찬물을 마시고 회초리를 맞는 일도 차츰 사라졌다. 할머니는 이렇게 달라져 가는 손자가 대견스러운 듯 더욱 기도에 정성을 다했다.

'하나님, 우리 금강석이가 하나님 나라와 이 세상에서 크게 쓰이는 일꾼이 되게 하소서.'

팽이 도둑질

겨울이었다.

기려는 무논에서 동무들과 팽이치기를 하고 놀았다.

자줏빛으로 물들인 명주에 솜을 두둑이 넣어 지은 바짓저고리를 입은 장 향유사 댁 아드님은 아이들 중 그 태깔이 가장 돋보였다.

아이들은 추위를 이기려고 귓불이 발개지도록 팽이를 치고 얼음도 지쳤다.

기려의 팽이는 그리 좋은 편이 못 되었다.

얼음판 위에서 팽이치기를 겨루면 기려의 나무팽이는 돌을 갈아 만든 동무 유상이의 팽이에게 번번이 지고 말았다.

팽이치기에 지고 돌아오면 기려는 할머니에게 떼를 썼다.

"할머니, 돌팽이를 만들어 주세요. 유상이에게 지는 것이 싫어요."

유상이는 기려네 땅을 부치는 소작인의 아들이다.

그러나 할머니도 기려의 마음에 들 돌팽이를 만들어 줄 수는 없었다.

아버지는 더욱 못 들은 척했다.

언제나 약한 사람을 편드는 아버지는 유상이에게 지는 것이 싫다고 하는 기려의 말이 못마땅하게 들린 것이다.

"조오타, 누구든지 덤벼라!"

돌팽이의 주인인 유상이는 돌팽이처럼 의기양양했다.

"기네야, 이겨라! 기네야, 이겨라!"

평안북도 사람들은 학교 선생님을 제외하곤 모두 기려를 '기네'라고 불렀다.

소작인의 아이들은 질 것을 뻔히 알면서도 기려를 편들곤 했다.

그러나 결과는 언제나 마찬가지였다.

"기네야, 내일 또 하자!"

으스대고 돌아가는 유상이의 어깨 위에서 김이 모락모락 피어올랐다.

저녁 예배를 보러 기려는 할머니를 따라서 예배당에 갔다.

신발을 벗다 말고 남자 신발장 위에 얹어 놓은 유상이의 돌팽

이가 눈에 번쩍 들어왔다.

유상이도 어머니와 벌써 예배에 나온 것이었다.

기려는 돌팽이를 보는 순간 가슴이 두근두근 뛰었다.

그렇게도 가지고 싶었던, 또한 향유사 댁 도련님의 자존심을 상하게 한 돌팽이였다. 기려는 저도 모르게 돌팽이를 손에 쥐었다.

유상이의 체온이 아직도 따뜻하게 남아 있었다.

주인이 누구인지 알면서 그 물건을 가지는 것은 도둑질이다. 그러나 기려는 유상이의 팽이를 주머니 속에 감추고 말았다.

자기도 모르게 유상이와는 멀찍이 떨어져 앉았다.

예배당은 광목 휘장으로 남자반과 여자반을 가리고 있었다. 남자와 여자가 터놓고 한자리에 앉는 것은 예의에 어긋나는 일이라고 생각하던 시대였다.

여자반 자리의 할머니와 마주치지 않는 것은 다행이었지만, 대신 교회의 대들보에 커다랗게 새겨진 할머니의 이름이 내려다보고 있었다. 기려는 할머니의 이름을 보지 않으려고 눈을 꼭 감았다.

할머니는 이 예배당을 지을 때 기부금을 가장 많이 냈기 때문에 대들보 위에 '이경심'이라고 이름이 크게 새겨져 있었다.

목사님의 설교도 귀 밖에서 윙윙거렸고, 심장은 옆자리에도 들릴 만큼 소리 내어 쿵쿵 뛰었다.

유상이의 돌팽이가 목구멍을 가로막고 있어서 곧잘 부르던 찬송가도 부를 수가 없었다.

기려가 유상이의 돌팽이를 가진 것은 금방 소문이 났다.

유상이는 기려를 졸졸 따라다니며 팽이를 내놓으라고 졸랐다.

"싫어, 우리 할머니가 그러셨다. 먼저 주운 사람이 주인이라고."

교회에서나 마을에서 존경받는 할머니의 말이라면 유상이가 그러지 못하리라 생각하고 한 말이었다.

그러나 팽이를 잃은 유상이는 할머니를 대도 소용이 없었다.

"모르고 신발장에 놓고 갔지 버린 게 아니란 말이야!"

며칠을 조르던 유상이가 포기를 했는지 더 이상 따라다니지 않았다.

그 대신 기려는 외로워졌다.

유상이의 팽이를 가진 것이 알려진 뒤로는 놀이 친구들이 사라진 것이었다.

교회의 뒤뜰이나 마을 빈터, 저 무논까지도 잃었다.

기려의 나무팽이를 응원해 주던 동무들 앞에 유상이의 돌팽이를 가지고 나타날 수 없었다.

기려는 혼자서 아무도 보지 않는 곳에서 팽이치기를 했다.

그러나 돌팽이는 주인을 못 잊은 듯 신나게 돌아 주지 않아, 오히려 기려의 손때 묻은 나무팽이만도 못했다.

더 견딜 수 없는 것은 유상이의 돌팽이가 팽이채를 맞을 때마다 지르는 비명이었다.

'도둑놈! 도둑놈!'

기려는 놀라서 팽이를 주머니에 넣어 버렸다.

무논에선 신나게 얼음을 지치는 동무들의 목소리가 쟁쟁거렸다.

'그만 돌려줘 버릴까!'

기려는 무논을 향해 발걸음을 돌리려다 다시 집 쪽으로 바꾸었다.

동무들 앞에서 유상이의 팽이를 내놓는다면 향유사 댁 도련님이 도둑놈이라고 이웃 마을까지 소문이 퍼질 것이 뻔했다. 그러면 할머니가 가장 실망할 것이다.

할머니의 모습이 떠오르자 기려는 집을 향해 뛰기 시작했다.

그런데 기려가 뛰어가는 발자국을 따라서 조금 전 돌팽이의 그 외침도 따라오는 것이었다.

'팽이 도둑놈!'

기려가 천천히 걸으면 팽이의 목소리는 천천히 따라왔고, 뛰어가면 뛰어서 따라왔다.

기려의 등은 땀으로 흠뻑 젖었다.

마주친 뒷산 위의 하늘은 구름 한 점 없는 맑은 얼굴이었다. 그 것을 보자 기려는 손등으로 눈물을 닦아 냈다.

할머니에게 이 모든 사실을 고백하고 나면 저 하늘처럼 마음이 맑아지리라고 생각했으나 차마 말을 못했다.

기려는 유상이의 팽이가 주머니 속으로 들어온 날부터 끼니때 마다 할머니와 겸상으로 먹는 것도 불편했다.

할머니가 뼈를 가려내 밥숟가락에 얹어 주는 굴비도 맛을 잃 었다.

기려는 어느새 집과는 반대쪽인 유상이네 집이 있는 언덕을 오 르고 있었다.

집 안이 환히 들여다보이는 돌각담 밑에 쪼그리고 앉아 유상이 의 모습이 나타나기를 기다렸다.

'아직도 무논에서 얼음을 지칠까?'

귀를 기울였지만 무논 쪽은 조용했다.

"너 향유사 댁 아이구나, 여기까지 웬일이냐?"

유상이의 어머니가 재를 버리려고 나오다가 돌담 밑에 앉아 있 는 기려를 보았다.

"예, 팽이를……."

기려도 모르게 튀어나온 말이었다.

"그러냐? 우리 유상이는 방금 재 너머 저이 누이네에 심부름을 갔구나."

기려는 순간 유상이 어머니에게 팽이를 돌려주며 죄를 다 고백해 버릴까 망설였다.

그렇게 하고 나면 마음이 가벼워질 것 같았다.

그러나 유상이 어머니는,

"다음에 와서 놀아라."

하고 외양간에 딸린 잿간에다 재를 버리고는 총총히 부엌으로 들어가 버렸다.

기려는 눈물이 핑그르르 돌았다.

저고리 속에 감추어진 주먹에는 돌팽이가 땀에 젖어 있었다.

땅거미가 내려앉은 언덕길을 힘없이 내려오던 기려는 유상이와 멱 감고 놀던 개울과 마주쳤다.

기려는 개울을 향해 힘껏 팔매질을 했다.

돌팽이는 개울 바닥 위로 대그르르 춤추듯이 굴러갔다.

이곳에 다시는 오지 않을 듯 기려는 뒤돌아보지도 않고 집을 향해 달리기 시작했다.

개울가에 팽이를 던져 버린 그 며칠 후에 부흥회가 있었다.

평양에서 이름난 목사님이 온다고 예배당이 온통 술렁거렸다.

할머니는 가장 좋은 옷을 꺼내 입고, 기려에게도 서둘러 부흥회에 갈 준비를 시켰다.

예배당은 빈 자리 하나 없이 사람들로 가득 찼다.

목사님의 설교는 '도둑질한 자의 회개'에 대한 것이었다.

기려는 심장이 멎어 버릴 것만 같았다.

"진심으로 회개하지 않으면 구원을 받지 못합니다. 죄지은 사람은 진심으로 회개하시오. 어서 회개하시오!"

여기저기서 마을 사람들의 우는 소리가 들렸다.

기려는 눈물이 솟구쳐서 목사님을 더 이상 쳐다볼 수가 없었다.

목사님의 설교가 끝났을 때 기려의 온몸은 불덩이처럼 뜨거워져 있었다.

기려는 마침 교회의 팽나무 밑에서 집에 가는 유상이를 붙들었다.

"기네야, 너 어디 아프냐? 왜 그렇게 떨고 있니?"

착한 유상이는 팽이 일을 잊어버린 듯 걱정스러운 얼굴로 기려의 손을 잡았다.

"나, 너의 팽이 도둑질한 죄를 진심으로 회개한다. 팽이는 개울에다 던져 버렸단다. 이거 팽이값으로 받고 나를 용서해 다오."

기려는 할머니에게서 심부름값으로 받아 두었던 동전 두 닢을 유상이의 손에 쥐어 주었다.

그러자 유상이의 커다란 입이 놀라움으로 더 크게 벌어졌다.

"돈을 받으면 안 된다, 기네야. 팽이 일은 다 잊어버렸다. 네가 그렇게 가지고 싶어 한 줄은 몰랐다. 괜찮다, 기네야."

기려는 유상이의 더듬거리는 목소리를 뒤에 두고 날 듯이 달렸다.

그 작은 팽이 하나의 무게가 그렇게도 무거웠을까?

죄를 고백한 이후로 기려의 마음은 훌쩍 자라 있었다.

바위와 함께 부른 만세

나이를 한 살씩 더 먹고 맞은 이른 봄, 응달에는 아직도 긴 고드름 칼이 달려 있었다.

아이들은 고드름을 꺾어 일본 순사와 독립군으로 편을 갈라 칼싸움을 하며 놀았다.

모두 독립군이 되고 싶었지 아무도 일본 순사를 하겠다고 나서는 아이는 없었다. 하지만 일본 순사가 없으면 고드름 칼싸움은 신명나지 않는다.

아이들 중 키가 제일 작은 기려가 일본 순사가 되겠다고 나섰다.

기려도 일본 순사는 싫었지만 독립군이 더 용감하게 싸우도록 끝까지 독립군을 쫓아가곤 했다.

"이 망할 놈의 일본놈!"

날카롭게 다가오는 칼을 받는 기려의 목소리는 더욱 크다.

"오! 용감한 조선 독립군. 이 일본놈은 이제 죽는다. 윽⋯⋯."

기려가 소리를 내며 칼에 쓰러지는 것으로 끝났다가 다시 시작하는 이 고드름 칼싸움은 아이들이 지난 겨울부터 부쩍 좋아하는 놀이 중의 하나였다.

놀이가 끝나고 아직 속잎이 돋지 않은 잔디밭에 누워서 숨이 고를 때까지 하늘을 본다. 두 눈이 시큰해지도록 푸른 하늘, 그 위로 찌를 듯이 서 있는 바위들.

기려네 마을을 입암동이라고 부르는 것은 이 뒷동산 바위들이 모두 서 있기 때문이었다.

마을 사람들은 이 바위 모양처럼 언제나 서서 살아야 하는 것이 이 마을의 운명이라고, 가난을 은근히 바위 탓으로 돌리곤 했다. 언젠가 사랑에 모인 어른들이 바위 모양이 좋지 않아 큰 인물이 나지 않는다고 불평한 일이 있었다. 그때 아버지 장 향유사는 조용히 뒷산을 바라보며 이렇게 말했다.

"내 생각은 그렇지 않네. 앉아 있는 바위를 생각해 보시게. 만족해서 편안히 앉아 버린다면 무슨 발전이 있겠나. 서 있다는 것은 진보적이네. 서서 움직이는 사람만이 시대와 함께 걸을 자격이 있네. 두고 보시게. 저 바위가 앉아 있으면 우리는 일본 밑에 무릎을 꿇고 말겠지만 그렇게는 절대로 안 될 것이네. 머잖아 독립이 되네. 저 바위가 우리를 일어서게 할 테니 두고 보시게."

기려도 아버지의 말을 떠올리며 서 있는 바위가 편안히 앉아 있는 바위보다 좋다고 생각했다.

기려는 바위처럼 서 있는 사람이 되고 싶었다.

일본으로부터 빼앗긴 나라를 찾으려고 하는 독립투사나, 블레셋을 물리치는 용감한 다윗, 그리고 자기 민족을 가난에서 구해 내는 요셉 같은 인물들이 기려에게는 모두 서 있는 사람이었다.

기려는 바위들을 올려다보며 혼자 생각에 잠겼다.

조금 전까지만 해도 일본 순사였던 기려는 어느새 독립군 대장으로 변해서 작은 주먹을 불끈 쥐고 있었다.

밤늦도록 사랑에는 등불이 내걸리고 낯선 손님들이 이 며칠 사이 묵어가는 일이 많아졌다.

할머니의 기도 소리와 찬송가는 입 속에서 맴돌고, 밤 늦게 음식을 사랑으로 나르는 어머니의 발걸음도 여느 때보다 조심스러웠다.

집 안에 떠도는 공기마저도 엄숙했다.

1919년 3월 1일.

바람은 아직 차가웠지만 뒷산 위의 하늘은 드맑았다.

아버지는 나들이옷을 갈아입으며 기려에게도 좋은 옷을 입도
록 했다.

할머니와 어머니도 이미 나들이옷으로 갈아입고 있었다.

"부흥회에 가나요?"

"그렇단다, 오늘은 우리 조선의 부흥회 날이란다."

그러나 아버지는 웃지 않았다.

"얘야, 오늘은 우리 조선이 일본으로부터 독립을 하고자 하는 뜻을 온 천지에 알리는 날이란다. 그래서 마을 사람 전부가 뒷산에 올라가 만세를 부르기로 했다."

아버지의 옥색 두루마기 자락이 바람에 펄럭거렸다.

"아버지, 그럼 이제 일본이 자기 나라로 돌아가나요?"

"그러겠지."

"아버지, 우리 마을 사람들은 총도 없고 칼도 없는데 만세 소리만 듣고 일본 순사들이 무서워할까요?"

아버지는 어린 아들의 날카로운 질문에 말이 막혔다.

마루를 내려서려다 믿을 수 없다는 얼굴을 하고 서 있는 기려를 바라보며 아버지는 나직이 속삭였다.

"기려야, 성경 말씀에 칼을 쓰는 자는 칼로 망한다고 하셨다. 이것은 아주 중요한 말이란다. 칼보다 더 무서운 것으로 우리는 나라를 찾으려고 한단다."

아버지는 넓은 등을 보이며 성큼성큼 걸어 나갔다.

'칼보다 더 무서운 것?'

기려는 칼보다 더 무서운 것이 무엇인지 궁금해서 할머니와 어머니를 따라 뒷산으로 올라갔다.

뒷산에는 기려의 동무들도, 낯익은 마을 사람들도 많이 와 있었다.

아이들이 멋모르고 어른들 사이를 빠져나와 웃고 떠드는 동안, 아버지는 마을 사람들에게 아주 오랫동안 조선 독립에 대한 이야기를 했다.

아버지의 이야기 중에 동무들이 떠들어서 기려는 조금 속상했지만 오늘처럼 아버지가 훌륭해 보인 적이 없었다.

기려는 오늘처럼 아버지가 훌륭해 보인 적이 없었다.

아버지의 연설이 끝나자 어디서 구했는지 어른들은 태극기를 품 안에서 꺼내 '대한 독립 만세'를 부르기 시작했다.

기려는 칼보다 더 무서운 것이 바로 태극기였구나 하고 짐작했다.

"대한 독립 만세!"

떠들던 동무들도 만세를 부를 때만은 목청껏 외쳐 주어 다행이었다.

만세 소리 속에는 무엇인가 엄숙하면서 가슴을 뭉클하게 하는 감격이 들어 있었다.

눈물을 흘리는 사람들도 있었다.

그런데 이상한 것은 눈물을 흘리는데도 슬퍼 보이지 않는 것이었다.

기려는 그동안 비록 고드름 칼싸움이었지만 일본 순사가 되었던 것이 미안해서 더욱 목청껏 만세를 불렀다.

'대한 독립 만세'를 부른 것은 입암동 마을 사람들뿐만이 아니었다. 뒷산 높이 서 있는 수많은 바위들도 함께 만세를 불렀다.

오늘 이 만세를 마을 사람들과 함께 부르기 위하여 저 바위들은 수만 년을 기다려 온 것 같았다.

'두고 보시게, 저 바위들이 우리를 일어서게 할 테니.'

언젠가 사랑에서 하던 아버지의 목소리가 자랑스럽게 들려왔다.

그런데 마을 사람들이 모여서 '대한 독립 만세'를 불렀건만 달라진 것은 얼른 눈에 띄지 않았다.

오히려 일본인 장학관이 먼 시골인 학교에까지 순사를 데리고 몇 차례나 와서 조선어를 가르치는지 조사하느라 법석만 떨고 갔다.

의아한 생각이 든 기려는 사촌형 장기원을 찾아갔다.

"형님, '대한 독립 만세'를 불렀는데 왜 일본은 자기 나라로 돌아가지 않을까요?"

장기원은 기려의 질문에 어두운 얼굴을 하며 아버지와 비슷한 말을 했다.

"우리가 '대한 독립 만세'로 나라를 찾겠다는 뜻을 밝혔으니 곧 돌아가겠지. 두고 보자꾸나."

그러나 기려는 마을 사람들과 함께 만세를 불렀던 그 일을 잊어버릴 수가 없었다.

지금까지 한 번도 경험해 보지 못한 이상한 감동이 그 만세 소리에 들어 있었기 때문이었다.

학교를 마치고 돌아오는 길이었다.

"우리 뒷산에 올라갈까?"

"고드름도 이젠 다 녹았을 텐데, 뭐 하러 가니?"

"이젠 만세 놀이를 하면 되지."

"만세 놀이?"

기려의 말에 동무들의 눈이 빛났다. 동무들도 그날 독립 만세를 외쳤을 때의 감동을 잊지 않고 있었던 모양이었다.

독립 만세 놀이는 독립군 놀이와는 사뭇 달랐다.

독립군 놀이에는 일본 순사가 있었지만, 독립 만세 놀이는 모두 조선 사람뿐이었고, 독립군들의 고드름 칼에 일본 순사가 쓰러졌을 때보다 더 강한 기쁨이 들어 있었다.

"대한 독립 만세!"

그러면 메아리 되어 돌아오는 목소리는 아이들이 보낸 것보다 조금 슬픈 듯이 들렸다.

'대한 독립 만세'

"들어 봐, 저 소리는 꼭 일본 순사들이 숨어서 우리 흉내를 내는 꼴이야."

기려의 말에 동무들도 다 같이 고개를 끄덕였다.

"정말 그렇다."

"우리 한번 더 해 보자."

"그래, 그러자."

아이들이 '대한 독립 만세'를 소리 맞춰 외치면, 일본 순사들도 연달아 만세를 불렀다.

"참 재미있다. 우리 내일 또 하자."

독립 만세 놀이는 독립군 놀이를 하고 돌아올 때보다 동무들과 더 가까워진 느낌을 주었다.

"어디 갔다 이렇게 늦었느냐?"

오랜만에 마당에서 아버지와 마주쳤다.

"뒷산에서 만세를 부르고 옵니다."

"아니, 너희들끼리 말이냐?"

"예."

"선생님이 그렇게 시키더냐?"

"아닙니다, 저희들이 만세 놀이를 만들었습니다."

"만세 놀이라니?"

"저희들이 모두 만세를 소리쳐 부르면 일본 순사들이 산 속에 숨어서 저희 흉내를 내는 것 같아요. 그래서 메아리를 일본 순사로 정했습니다. 일본 순사들이 저희들을 따라 하는 것이 재미있어 자꾸자꾸 만세를 부릅니다."

아버지는 대견스러운 듯 아들을 바라보았다.

"아버지, 총보다 칼보다 더 무서운 것이 태극기지요?"

기려가 만세를 부르고 돌아오던 날부터 아버지에게 꼭 여쭈어 보고 싶던 말이었다.

아버지는 아들의 말에 잠시 생각에 잠겼다.

"기려야, 너도 만세를 부르지 않았느냐. 그 만세를 부른 정신이 바로 총보다 칼보다 무서운 것이란다. 일본은 지금 만세를 부른 조선 사람들을 잡아 가두거나 때리고 죽이기까지 하지만, 나라를 찾으려는 그 정신만은 죽일 수가 없단다. 태극기는 바로 조선의 정신이란다."

아버지는 총칼보다 무서운 것이 나라를 찾으려는 정신이라고 했지만, 아홉 살 기려에게는 우리가 일본보다 총이나 칼이 없기 때문에 독립이 되지 않는 것만 같았다.

기려는 빨리 커서 총이나 칼을 만드는 기술자가 되고 싶었다.

기려네 반에는 기려보다 서너 살이 많은 학생들이 있었다.

상급반 학생들과 어울려 노는 그들의 눈에는 몸이 약하고 키가 작은 기려가 어린아이로만 보였는지 자기들끼리 선생님의 눈을 피해 가며 비밀스럽게 웃거나 속삭이면서 기려는 넣어 주지 않았다.

기려는 은근히 그들이 부러워서 같이 어울리고 싶었다.

"나도 같이 놀게 해 줘."

학교 뒤쪽으로 가면서 저희들끼리 수군거리는 것을 보고 기려가 뛰어가며 소리쳤다.

"저리 가! 이 꼬맹이 도련님. 공부만 할 줄 아는 샌님이 뭘 안다고 끼어들어."

그 말에 기려는 화가 났다.

무엇에나 지기를 싫어하는 기려는 자기보다 몸이 크고 나이가 많다고 깔보는 급우들이 못마땅했다.

"몸만 크면 제일이야? 나도 다 할 줄 안단 말이야."

"뭐? 네가 다 할 줄을 알아?"

그 중 몸이 가장 큰 같은 반 아이 하나가 픽 웃었다.

"그래, 이것도 네가 할 줄 안단 말이지?"

아이는 뒤에 감추었던 손을 기려의 코앞에 쑥 내밀었다.

공책을 찢어 만 잎담배를 기려의 눈앞에 대고 흔들었다.

그러자 모였던 급우들이 한꺼번에 웃었다.

기려는 나이 많은 학생들이 선생님 몰래 숨어서 담배를 피우는 것을 전부터 알고 있었다.

"그래, 나도 할 수 있어."

조그만 기려의 입에서 이렇게 야무진 말이 나올 줄을 몰랐던 급우들은 서로 얼굴을 보며 어리둥절한 표정이었다.

"어디 한번 쥐 봐. 이 도련님도 할 수 있다네."

"그래, 어서 쥐 봐. 꼬마 샌님이 담배 피우시는 얼굴 좀 보게."

급우들은 재미있는 일이라도 생긴 듯 기려를 에워싸고 떠들었다.

기려는 조선말, 셈본, 성경, 노래 등 무엇이나 자신이 있었지만 이 담배를 피우는 일은 큰일이다 싶었다.

하지만 큰 아이들 속에 끼여 어른 흉내를 내어 보고 싶은 마음은 전부터 있었다.

기려는 담배를 받아 들고 겁도 없이 한 모금 힘껏 빨아 삼켰다.

다음 순간 기침이 터지며 눈물이 핑 돌고 어지러워서 땅바닥에 쓰러지듯 주저앉고 말았다.

급우들은 재미난 구경거리를 만난 듯 즐거워했다.

마침 장기원 선생이 지나가다 이 광경을 보고 다가왔다.

어린 동생을 가운데 두고 큰 아이들이 못된 짓을 한다고 판단했던 것이다.

"너희들, 예서 뭘 하는 거냐?"

기침은 멎었지만 정신이 몽롱한 기려의 손에는 아직도 담배가 모락모락 연기를 내고 있었다.

눈물이 글썽해 있는 사촌 동생을 보자 화가 난 장기원 선생은 아이들을 모두 교무실로 불러들였다.

"이 녀석들, 머리꼭지에 피도 안 마른 녀석들이."

자로 손바닥을 3대씩 때렸다.

기려는 급우들보다 2대를 더 맞았다.

그날 장기원 형에게 손바닥을 맞은 이후 기려는 평생 담배에 손도 대지 않았다.

병은 오직 기도로만 낫는 줄 알았고, 어둑선이와 낮도깨비를 몹시 무서워하며 자란 소년.

여섯 살에 천자문을 한나절만에 다 외우는 신동이면서도, 친구의 돌팽이 하나가 탐나서 훔친 적이 있는 소년, 장기려는 5년제 의성소학교를 1등으로 졸업했다.

기도로 키워 주신 할머니가 기려의 졸업도 못 보고 돌아가신 것은 안타까운 일이었다.

기려는 졸업장을 할머니에게 꼭 보여 주고 싶었다.

졸업장이 할머니가 지금까지 기도해 주신 첫 열매처럼 생각되었기 때문이다.

담배 사건으로 같이 매를 맞았던 나이 많은 급우들 중에는 졸업을 하기 전에 이미 결혼하여 어른이 된 사람도 있었다.

의성소학교의 동무들 중 졸업 후 상급 학교에 진학하는 학생은 기려뿐이었다.

고향에 남아서 집안의 농사일이나 거들겠다는 동무들은, 개성의 송도고보로 시험 치러 가는 기려를 부러워했다.

상급 학교 진학이란 가난한 농사꾼 집에선 생각도 못할 일이었다.

돌팽이 사건 이후로 무척 가까워진 유상이가 상급 학교로 가는 기려를 쳐다보던 눈도 잊어버릴 수가 없었다.

송도고보

먼 기적 소리만 바람처럼 남기고 사라지던 기차를 직접 타 보는 것은 얼마나 근사한 일일까?

기려는 설렘으로 아침을 맞았다.

송도고보 입학시험을 치르기 위해 아버지와 집을 나서는 기려를 여동생 기자는 자랑스런 얼굴로 쳐다보았다.

"오빠는 기차 타서 참 좋겠다. 나도 기차 한번 타 보았으면……."

　입술이 파리하고 숨이 가빠 동무들과도 잘 어울리지 못하고 늘
혼자 있는 기자였다. 기자는 오빠가 기차를 타고 큰 학교로 공부
하러 간다는 것이 자랑스러우면서도 한편 서운한 모양이었다.

　할머니, 아버지에게서 즐겨 듣던 성경 이야기를 동생에게 곧잘
해 주었기 때문에 기자는 오빠를 무척 따랐다.

　"너도 의성학교를 졸업하면 송도에 오렴."

그러나 기려의 생각에도 몸이 약한 동생이 송도에까지 가서 공부할 수 있을 것 같지 않았다.

기차는 생각보다 길지 않았다. 타 보기 전에는 기차의 꼬리가 안개에 묻힐 만큼 길다고 믿었기 때문이다.

기차를 처음 타 보는 기쁨도 잠깐이었다. 기려는 속이 텅 빌 때까지 계속해서 토했다. 그렇게 타고 싶어 하던 기차가 토하게 만든다는 것을 알면 동생이 얼마나 실망할까, 이 생각은 토하는 것보다 더 괴로웠다.

기려는 지금의 중·고등학교에 해당하는 송도고보에 당당히 합격했다.

아버지는 하숙집을 정해 주고 시골로 돌아가면서 짧게 한마디 했다.

"할머니 기도를 잊지 마라."

이미 저세상에 계신 할머니를 떠올려 주었다.

송도고보에는 기려처럼 시골에서 온 학생들이 많았다.

하숙집에도 여기저기서 모인 학생들이 새로운 사귐을 가지느라 밤늦도록 불을 켜 놓았다.

기려도 마찬가지였다.

부모님을 떠나서 처음 맛보는 자유와 이제 조금씩 어른이 되어 간다는 느낌은 자랑스럽기조차 했다.

하숙집에서 사귄 학생들에게서 기려는 화투를 배웠다.

의성소학교에서 처음 담배를 피웠던 일처럼, 이것도 어른이 된 듯 느껴지는 오락이었다.

화투를 배운 지 얼마 안 된 기려가 가르쳐 준 친구들을 이기기 시작하자, 약이 오른 친구들은 기려에게 이길 때까지 화투놀이를 하자고 덤볐다.

어쩌다 친구들에게 지게 되면 기려는 다시 이기기 위해 밤늦도록 화투놀이에 열중하곤 했다.

성경 이야기, 기도와 찬송가, 그리고 사랑채에서 가끔 들리던 아버지의 시조 읊는 소리를 들으며 자라 온 기려에게 이 개성의 생활은 이상한 해방감을 주었다.

두려움이 섞인 이 해방감은 이상한 힘까지 가지고 있었다. 두려워하는 만큼 더 깊이 화투놀이에 발목을 잡히는 것 같았다.

공부가 머리에 들어오지 않는 것은 당연한 일이었다.

낮에는 정구라는 새로운 운동에 빠지고, 밤에는 화투놀이 재미에 빠져서 시간이 아까운 것조차 모르고 지냈다.

방학을 맞아 고향에 돌아오니 아버지는 논밭 일부를 팔아서 만주에 이틀갈이 땅을 샀다고 했다.

이틀갈이란, 황소가 이틀 낮 동안에 갈 수 있는 논밭의 넓이를 말한다.

친구의 권유로 샀지만 그 일이 썩 잘한 것 같지가 않다고 아버지는 우울해 했다.

남을 의심할 줄 모르는 장 향유사는 친구의 권유로 다른 사업에도 손을 대고 있었다.

'송충이가 솔잎을 먹어야지 갈잎을 먹으려고 한다'고 어머니는 혼자 푸념하였지만, 아버지는 의성소학교를 설립했듯이 무엇인가 새로운 것으로 고향을 일으키고 싶었던 것이다.

기려는 고향 친구들을 의성소학교 운동장에 모아 놓고, 목판에 구멍을 숭숭 뚫은 라켓으로 정구를 가르치며 방학을 보냈다.

방학을 정구에 빠져 보낸 것은, 하나둘씩 논밭이 사라져 가는 것에 푸념을 늘어놓는 어머니와, 사랑채에서 문을 굳게 닫고 있는 아버지를 떠올리고 싶지 않아서였다.

기려는 개성으로 돌아오는 기차 속에서 이제 친구들과 모여 화투놀이 같은 것은 하지 않으리라고 다짐했다.

조금씩 기울어 가는 집안 살림을 보면서도 시간을 헛되게 보내는 것은 왠지 죄를 짓는 것만 같았다.

그러한 결심에도 불구하고 기려는 다시 만난 친구들과 또 어울리고 있었다.

어두컴컴한 친구의 하숙방이 떠오르고 화투에 이겼을 때의 남자다움 같은 것이 기려를 놓아 주지 않았다.

기려는 이런 잡념을 이기려고 책을 들었지만 마음은 이미 책 밖으로 달아나고 있었다.

그날도 밤늦도록 화투놀이를 하다 돌아가는 길이었다.

휘영청 달이 밝았다.

화투놀이의 짜릿한 즐거움을 손끝으로 되새기며 걸어가는데 어디선가 귀에 익은 목소리가 들렸다.

"금강석아……."

뒤돌아보니 교회 창문에서 불빛이 흘러나오고 있었다.

"할머니!"

기려는 저도 모르게 언덕 위로 뛰어 올라가 교회 문을 힘껏 열었다.

"금강석아……."

이 얼마나 오랫동안 잊고 있었던 다정한 목소리인가.

그러나 교회 안은 비어 있었다.

달빛만 창문을 적시고 있었다.

기려는 십자가 밑으로 걸어갔다.

아무도 없는 교회 안에서 이미 이 세상에 없는 할머니의 목소리를 듣게 되다니!

'아! 아! 할머니.'

기려는 눈물을 흘리며 십자가 밑에 무릎을 꿇었다.

'할머니, 용서해 주세요. 저는 하나님이 주신 시간을 도둑질하고 있었습니다. 부모님이 주시는 학비로 나쁜 오락에 빠져 있었습니다. 할머니의 기도의 말씀과는 너무 멀리 있었습니다. 할머니, 이 나쁜 오락에 자꾸만 빠지고 있는 저에게 이겨 낼 힘을 주십시오.'

기도 속에 한참 앉아 있던 기려는 비로소 깨달았다.

이겨야 할 것은 화투놀이가 아니라 유혹에 흔들리고 있는 장기려, 바로 그 자신이었다.

기려는 하나님이 지켜 주시지 않으면 또 나쁜 길로 빠질지도 모른다는 생각에서 세례를 받았다.

스스로 하나님의 자식이 되기를 약속한 것이었다.

기려의 마음은 이제 평온해졌다. 하늘나라에 가서까지도 할머니의 사랑이 자기를 지켜 준다고 생각하니 그 큰 사랑 앞에 가슴이 벅차올랐다.

하늘과 땅의 거리가 문제 되지 않는 사랑, 이것이 바로 참사랑이라고 하는 것일까? 기려는 아직도 또렷이 귓전에 남아 있는 할머니의 목소리를 향해 가만히 고개를 숙였다.

멀리했던 공부 속으로 돌아오면서 교회에 나가는 일에도 게을리하지 않았다.

방학을 맞아 고향으로 돌아올 때마다 집안 형편은 자꾸만 어려워져 있었다.

동생 기자는 의성소학교를 졸업하고 어머니를 돕고 있었다.

상급 학교로 진학하지 못한 것은 집안 형편의 어려움도 있었지만 나날이 나빠져 가는 건강 때문이었다.

착하기만 한 기자는 보기에도 딱할 정도로 가쁜 숨을 내쉬었다.

기려가 두고두고 마음에 걸리는 것은 그 숨가빠하는 동생에게 심부름을 시킨 일이었다.

"왜 이제야 오니?"

"오빠, 숨이 가빠 뛸 수가 없었어. 그래도 빨리 오느라고 애쓴 거야."

동생은 푸른빛 입술에 억지로 웃음을 지었다.

"얘, 그렇게도 숨차니? 이젠 심부름 같은 거 안 시키마."

"오빠, 시켜도 괜찮아. 난 오빠 심부름하는 게 얼마나 기쁜데……, 우리 동네에서 개성에 가 공부하는 이가 오빠뿐이라서 더 자랑스러워."

동생은 해맑게 웃었다.

기려는 몸이 아픈 동생에게 정말 자랑스러운 오빠가 되고 싶었다. 푸념이 늘어난 어머니와, 술 마시는 날이 많아진 아버지에게, 그리고 이미 하나님 나라에 가 계신 할머니에게까지 자랑스러운 사람이 되고 싶었다. 할머니의 기도처럼 이 세상에 크게 쓰이는 일꾼으로 모두에게 기쁨을 주는 사람이 되고 싶었다.

기려가 곰곰이 생각해 보니 세상에 크게 쓰이는 사람이라면 선생님밖에 없었다.

장기원 형처럼 아이들을 바른 인격과 새로운 지식에 눈뜨게 하여 세상에 크게 쓰이는 인물을 길러 내는 선생님이야말로 할머니의 기도 속 그 사람이라는 생각이 들었다.

'그래, 졸업을 하면 기원 형님처럼 고향으로 돌아가 의성소학교의 선생이 되어야지.'

그러나 4학년이 되면서 기려의 희망은 달라지고 있었다.

일본이 우리나라보다 총이나 칼 같은 무기를 잘 만들 수 있는 것은 공업이 발달했기 때문이라는 생각이 들기 시작한 것이다.

공업이 발달하게 되면 나라의 힘도 강해질 것이라 생각하니 선생님보다 기술자가 되는 것이 지금 사회에 유익하게 쓰일 인물이라고 여겨졌다.

기려는 5학년이 될 때까지 교복 두 벌로 지냈기 때문에 엉덩이 부분이 해져 속옷이 보일 정도가 되었다.

고향으로부터 들려오는 소문은, 아버지가 사업으로 진 빚을 갚느라 논밭을 거의 다 팔아 버려 기려의 학비조차 대기가 어렵게 되어 간다는 것이었다.

그러나 이런 어려움을 이기기 위해 기려는 오직 공부에만 전념하였다.

마침내 기려는 송도고보를 수석으로 졸업했다. 이 수석 졸업은 기술자가 되겠다던 희망이 전문학교에 진학하여 좀 더 학문에 깊이 들어가고 싶은 욕심으로 바뀌는 계기가 되었다.

그러나 기울어져 가는 집안 형편을 알면서 진학을 한다는 것이 지나친 욕심 같아 마음이 무거웠다.

고향으로 돌아가는 기차 안에서 전문학교 문제를 아버지께 어떻게 이야기할까 걱정이 되어, 차창으로 지나가는 낯익은 풍경들이 슬프게만 느껴졌다.

아버지는 사업으로 지쳐 있었지만 수석으로 졸업한 대견스러운 아들을 기쁘게 맞아 주었다.

"고생이 많았구나, 변변찮은 학비로 열심히 공부해 주어 정말 고맙다."

기려는 마음속에 굳어진 결심을 아버지 앞에 꺼냈다.

"아버지, 집안 형편이 어려운 줄 알지만 전문학교에 가서 더 공부해 보고 싶습니다."

무릎을 꿇고 앉은 기려에게서 아버지는 어린 날 천자문을 읽을 때의 바로 그 모습을 보았다.

"기려야, 아버지는 알고 있다. 네가 장차 크게 쓰일 사람이 될 것이라는 걸. 할머니가 바로 그 기도로만 사셨지 않았느냐. 지금 집안 형편이 어렵지만 네 학비만은 대어 줄 테니 계속 공부를 하여라. 할머니가 너를 금강석이라고 부른 뜻을 잊지 않아야 한다. 금강석은 절대로 변하지 않는, 보석 중의 으뜸이 아니냐?"

"예, 아버지. 고맙습니다."

기려는 아버지의 확신에 찬 목소리를 듣고 나니 용기가 솟았다.

"그래, 마음에 둔 학교가 있느냐?"

"예, 경성의전(현재 서울대학교 의과대학)입니다."

기려는 아버지에게 경성의전을 선택한 것이 수업료가 가장 싸기 때문이라는 말을 하지 못했다.

"그럼 의사가 되겠다는 말이냐?"

"예."

"사내가 뜻을 세우면 끝까지 변치 말아야 한다."

아버지는 자식을 어렵게 공부시키는 데 대한 아픔 때문인지 먼 산을 바라보았다.

기려는 고향의 예배당으로 올라갔다.

할머니의 이름이 새겨진 예배당에서 약속하고 싶었다.

그러면 할머니의 이름이 대들보에서 내려다보며 다정한 목소리로 '금강석아' 하고 부를 것만 같았다.

기려는 아무도 없는 줄 알면서 할머니가 늘 앉아 기도하던 여자반의 휘장을 걷어 보았다.

'하나님, 저를 경성의전에 들어가게 해 주십시오. 그러면 의사를 한 번도 못 보고 죽어가는 가난한 사람들을 위하여 평생을 바치겠습니다. 저 뒷산 바위들처럼 환자들을 위해 항상 서 있는 의사가 되겠습니다.'

기려의 눈에서는 주르르 눈물이 흘러내렸다.

경성의전

기려는 이 기도를 가지고 경성의전 시험을 치를 때까지 십자가 앞에 서 있었다.

오늘도 기도를 하고 예배당을 나오는데 언제 왔는지 동생 기자가 문 밖에 서 있었다.

"오빠, 의사학교에 간다는 게 정말이야?"

"그렇단다."

"그럼 오빠, 의사가 되면 내 병부터 고쳐 줘."

오늘따라 기자의 입술은 더 푸르게 보였다.

"그래, 꼭 약속하마."

기려는 동생의 차가운 손을 꼭 잡아 주었다.

기자는 안심이 된 듯 오랜만에 웃음을 지어 보였다.

1928년 4월, 기려는 경성의전에 당당히 합격하여 남다른 꿈을 안고 입학했다.

전교생 320명 중 조선 학생은 60명 정도였으며, 그 당시 조선 학생들은 자유로운 모임을 가질 수가 없었다.

동경 유학생들의 독립선언 운동이 국내 애국지사들을 자극해 결국 3·1 운동을 일으키게 한 원인이 되었기 때문이었다.

기려는 〈기독학생회〉라는 모임에 나갔다. 기독학생회라고 이름은 붙였지만 기독교를 믿는 학생들만 모이는 것은 아니었다.

다만 일본 경찰의 눈을 피하기 위해 명칭을 기독학생회라고 붙였을 뿐, 그 모임 아래 조선 학생들을 모이도록 한 것이었다.

이 기독학생회는 조선 학생들의 신앙 문제와 개인의 어려운 사정들을 의논하는 친목 단체이며, 나아가서는 민족의식을 심어 주는 애국 단체가 되었다. 종교를 내세워 당당히 만날 수 있는 이 유일한 모임에서 기려는 합창단을 만들고 지휘를 맡았다.

때로는 연전 교수로 있는 조병옥 박사의 민족 정신에 대한 이야기를 들으며 학생들은 조선 독립의 의지를 가슴 깊이 품어 보았다.

조병옥 박사의 강연은 자유에 갈증 난 조선 학생들에게 시원한 물줄기와 같았다.

기려는 동생 기자가 늘 창백하며 유달리 입술이 파랗고 숨가빠 하는 것이 선천성 심장 판막증이라는 것을 알게 되었다.

그것은 그 당시의 의학 수준으로는 무척 고치기 힘든 병이었다.

책 심부름을 시키고선 동생이 빨리 오지 않는다고 성화를 부렸던 부끄러운 기억 때문에 기려는 방학이 오기만을 기다렸다.

'아픈 줄도 모르고 심부름시킨 것을 용서해 달라고 말해야지.'

그러나 동생은 오빠가 용서를 빌 기회도 주지 않고 저세상으로 떠나 버렸다.

기려는 이 슬픔 앞에서 훌륭한 의사가 되는 길만이 동생에게 용서를 받는 것이라고 생각했다.

아버지에게서는 다달이 30원의 학비가 부쳐져 왔다.

그러나 그 학비는 여기저기서 꾸어서 보낸 것이라는 사실을 알고 있었다.

기려는 돈을 절약하기 위해 하숙집을 나와 사촌형 집으로 갔다.

사촌형 장기원은 그 무렵 이화여전에 수학 교수로 있었다.

기려는 사촌형이 한사코 말렸지만 장작도 패고 물도 길어 주면서 고마움에 보답하려고 애썼다.

어렵게 공부한 보람으로 기려는 졸업생 중 수석을 차지했다.

많은 일본인들 속에서 조선 학생에게 수석의 영광이 돌아오기

는 하늘의 별 따기였다.

그래서 기려의 수석은 우리 조선 학생 모두의 영광이기도 했다.

그 당시엔 의사가 귀해 의학 전문학교를 졸업하면 바로 병원을 개업할 수 있었다.

그러나 교수들은 성적이 우수한 기려가 대학에 남아서 연구를 계속하기를 바랐다.

기려도 의학을 공부하는 동안 사람의 생명만큼 귀한 것은 이 세상에 없다고 느꼈으며, 의학이란 연구할수록 어렵고 소중한 학문임을 깨닫게 되었다.

기려는 학교에 남아 조금 더 외과의학을 연구해 보고 싶었다. 그래서 우리나라 외과 교수로서 첫손가락에 꼽히는 백인제 박사의 조수로 남겠다고 마음을 굳히고 고향으로 돌아왔다.

아버지는 이번에도 아들의 결심에 흡족해 했다.

"그래, 잘 생각했다. 의사가 사람의 생명이 걸린 학문을 소홀히 해서 되겠느냐?"

깊어진 주름 사이로 아버지의 흐뭇한 웃음이 번졌다.

"어렵겠지만 너는 마음의 병까지 치유하는 의사가 되어라. 나는 네가 이 사회를 위해 크게 쓰이는 때를 기다리겠다. 이 사회에 유익한 일꾼이 바로 하나님 나라에서도 유익한 일꾼이 아니겠느냐?"

아버지의 이 격려는 새로운 용기와 의사로서의 사명감을 한층 더 높여 주었다.

기려는 서울로 돌아와 사촌형을 찾아갔다.

그리고 백인제 교수의 조수로 학교에 남겠다는 말을 했다.

"그럼, 결혼을 하여라. 마침 혼기도 되었고 내가 보아 둔 좋은 규수가 있으니."

뜻밖의 말에 기려는 얼굴을 붉혔다.

사촌형이 추천한다는 규수는 사람들에게 알려질 만큼 인물과 재주를 갖춘 여성이었다.

"형님, 지금은 결혼할 처지가 못 됩니다. 집안 형편도 어렵거니와 제가 내세울 것이라곤 학교 성적밖에 없는데 그 규수가 시집을 오려고 하겠습니까?"

사촌형의 말에 이렇게 사양했지만 사실 그 규수가 은근히 마음에 들었다.

기려는 가까운 친구 백기호를 만나 사촌형과 있었던 일을 놓고 의논했다.

"자네가 지금 결혼할 것 같으면 그 규수보다 자네에게 꼭 어울리는 규수가 있으니 당장 한번 만나 보세."

백기호는 기려의 손을 잡아끌었다.

친구가 추천하는 규수는 신의주에서 병원을 운영하다 학위 공부를 하기 위해 지금 서울에 와 있는 의사 김하식 선생의 딸이었다.

마침 평양고녀를 졸업하고 아버지를 따라 서울에 와 있었던 김봉숙도 아버지로부터 장기려의 인물됨과 학문에 대한 열성을 들어 알고 있었다.

처음 만나는 김봉숙은 몸매가 가냘프고 사촌형이 추천한 규수보다 미녀는 아니었지만 음악과 그림에 뛰어난 재능을 가진 여성이었다.

두 사람의 결혼은 기려가 졸업한 지 한 달 후에 백기호의 적극적인 주선으로 이루어졌다.

기려는 장인의 권유로 1년 동안 처가에서 생활했다.

그 당시 기려가 받는 월급은 40원이었는데, 고향의 부모님께 10원을 보내 드리고 나면 공부하고 생활하기가 무척 어려웠기 때문이었다.

장인이 박사 학위를 받아 다시 지방에서 병원을 열게 되자 기려는 고향의 부모님을 서울로 모셔 왔다.

아내 김봉숙은 부유한 가정에서 어려움을 모르고 자랐음에도 시부모님을 모시고 가난하게 사는 것에 아무런 불평이 없었다.

그러나 어머니는 아들의 사랑을 며느리에게 빼앗겼다고 생각하는지 이따금 아내에게 역정을 내었다.

기려는 어머니와 아내 사이가 불편해진 것을 눈치채면 밥을 굶고 기도만 했다. 정으로 하면 어머니 편을 들어야 하고 사리로 따지면 아내의 편을 들어야 하는 딱한 입장에 설 때마다 기려는 이런 방법을 택했던 것이다.

어머니도 아내도 기려가 굶는 것을 원하지는 않았다.

그런 일을 몇 차례 하다 보니 두 사람 사이는 자연히 가까워지고 기려가 굶는 횟수도 줄어들었다.

아내는 평양고녀 시절에 소질이 있었던 성악으로 가족들과 함께 찬송가를 불렀고, 잘 그렸던 그림 솜씨로는 자수를 놓아 집안을 아름답게 꾸몄다.

기원 형이 추천한 규수보다 미녀가 아니라고 서운해 하던 마음은 이제 사랑하는 마음으로 변해 갔다.

"당신은 가정의 평화를 이루어 주시오. 나는 사회의 평화를 위해 살아가리다."

아내는 말없이 고개를 끄덕이며 기려의 뜻을 받아 주었다.

기려는 축구를 좋아해 경성의전 2학년 때는 후보 선수까지 되었다.

그러나 항상 후보 선수로만 남았지 경기에는 한 번도 출전하지 못하고 있었다.

하루는 서울운동장에서 연희전문과 연습 경기를 하던 중 코치의 지시로 한 번 뛸 기회가 왔다.

기려는 이 경기에서 좋은 평판을 얻어 후보 선수 딱지를 떼려고 단단히 마음을 먹었다.

그러나 기려가 맡아야 할 상대편 공격수는 투원반 기록도 가지고 있는 송도고보 선배인 유요한이었다.

워낙 몸집이 큰 상대라 공에 발도 제대로 못 대어 보고 졸졸 따라만 다니다가 경기를 끝내고 말았다.

"기려, 꼭 군함 옆에 보트가 따라가는 것 같더군."

경기를 지켜 보던 친구의 이 말 한마디가 기려의 자존심에 상당한 충격을 주었다.

기려는 그 후로 좋아하던 축구를 다시 하지 않았다.

어느 날 오후, 한국인 후배 조수들이 축구 경기를 끝내고 우르르 병원으로 몰려 들어왔다. 그러고는 마침 소독해 놓은 거즈를 꺼내어 땀을 닦고 코까지 마구 풀었다.

이것을 본 '하노'라는 일본인 주임 간호사가 얼굴을 찡그리며 투덜거렸다.

"마이, 이야라시이와네. 센세이(아이, 난 싫어요. 선생)."

이 말이 기려의 귀에는 이렇게 들렸다.

'조선인은 저렇게 야만스럽다니까.'

조선인 조수들이 병원 규칙을 깜박 잊고 거즈를 함부로 사용한 것은 잘못이었다.

그러나 기려는 일본인 간호사가 내뱉은 이 말에 참을 수가 없었다. 그들은 자기 나라를 대일본 제국이라고 자처하며 우리 조선을 늘 무시하여 왔다.

'언젠가 한번 혼내 주리라.'

그리고 며칠 후 일본인 젊은 간호사가 침대의 시트를 꿰매고 있었다.

"간호사, 꿰매는 것 이따 하고 내 일부터 거들어 줘."

마침 환자를 돌보기 위해 기려는 간호사가 꿰매고 있는 시트를 침대 위에 펴 놓았다.

그랬더니 이 젊은 간호사는 얼굴이 새빨갛게 되며 기려가 펴 놓은 시트를 도로 접어 다시 찢어진 곳을 꿰매려고 했다.

순간, 기려는 자기의 말을 무시하는 간호사의 뺨을 세차게 때리고는 노려보았다.

그리고 당장 그 거만한 주임 간호사를 불러 호통쳤다.

"도대체 간호사들을 어떻게 교육시키기에 이 따위요?"

기려는 주임 간호사가 그 꼿꼿하게 세운 고개를 숙여 조선인에게 사과하는 꼴을 보고야 말겠다고 별렀다.

"죄송합니다, 선생님. 지금 몸이……."

느닷없이 뺨을 맞은 간호사는 불덩이처럼 붉어진 얼굴에 눈물을 가득 담고 있었다.

'아! 내가 지금 무슨 짓을 한 것인가. 주임 간호사에 대한 분풀이로 이 젊은 간호사의 뺨을 때리다니……. 나는 의사의 자격이 없는 사람이다.'

그 길로 기려는 허둥지둥 스승 백 교수를 찾아갔다.

기려의 이야기를 묵묵히 다 듣고 난 백 교수는,

"그래, 그 일로 사표를 내겠다고? 내가 사람을 크게 잘못 본 모양이구나. 의사란 민족 감정을 초월해야 하는데……. 사표를 내고 싶을 만큼 가책을 받았으면 앞으로 그런 실수가 없도록 노력하는 게 올바른 태도 아닐까?"

하고 조용히 제자를 타이르고 위로도 해 주었다.

다음날, 기려는 그 간호사에게 사과하러 갔으나 뜻밖에도 입원했다는 얘기를 들었다.

"뭐! 뺨 한 대 맞고 입원했다고?"

깜짝 놀란 기려는 부랴부랴 병실로 찾아갔다.

간호사는 장티푸스에 걸려 전염병동에 입원해 있었다.

어제 침대 시트를 꿰매고 있었을 때 이미 정상이 아니었음을 기려는 몰랐던 것이다.

평소 기려의 온화한 성품을 잘 아는 데다 방문하기를 꺼려하는 전염병동에까지 찾아온, 이 키 작은 조선인 의사를 간호사는 감사와 존경의 눈빛으로 맞았다.

기려는 날마다 그 간호사가 완쾌되기를 하나님께 간절히 기도했다.

그러나 기도의 보람도 없이 일주일 후 젊은 간호사는 죽고 말았다.

'원수를 사랑하라.'

기려는 이 일을 통하여 성경의 이 말씀을 깊이 느꼈으며, 사랑이야말로 의사의 사명보다 더 높은 곳에 있음을 알았다.

그리고 이 거룩한 사명을 깨달음으로써 기려는 의사로서 더욱 성숙되어 갔다.

백인제 교수는 평안북도 정주 출신으로 3·1 운동 때 10개월 동안 감옥살이를 했으며, 우리나라 최초로 맹장염과 위수술 및 신장 결핵을 수술한 사람이다.

더욱이 그는 내장 외과 발전에도 세계적인 업적을 남겼다.

그러나 세계 의학계의 정보에 어두워 빨리 발표하지 못해 3년 후에 같은 원리로 발표한 미국인 교수에게 그 명예를 빼앗긴 것을 제자들은 두고두고 안타까워했다.

당시 수술로는 조선인 백인제 교수를 따를 의사가 없었다.

어느 날, 백 교수가 없을 때 급한 환자 한 사람이 들어왔다.

진찰 결과는 맹장염이었다.

기려는 백 교수가 올 때까지 기다릴 수가 없을 정도로 위급한 환자라서 처음이기는 하나 직접 수술하기로 했다.

그동안 백 교수의 조수로 몇 차례 수술을 거들었기 때문에 할 수 있을 거라는 자신이 있었다.

그러나 처음으로 하는 수술이라 성공을 비는 기도부터 했다.

어릴 적 할머니가 그의 물혹과 아픈 배를 기도로 낫게 해 주신 일을 기려는 잊지 않고 있었던 것이다.

'하나님, 제가 이 환자를 올바르게 진단하고 치료하도록 도와주십시오. 이 수술을 너무 지나치거나 미치지 못함이 없이, 법칙에 맞게 진행할 수 있도록 힘과 지혜를 주십시오.'

그런 다음 스승이 맹장염을 수술하던 기억을 하나하나 되살리며 메스를 대기 시작했다.

수술은 성공이었다.

"사람의 생명을 함부로 다루다니, 나는 그런 제자를 둔 적이 없다."

얼마 후 돌아온 스승은 칭찬은커녕 호된 꾸지람만 내렸다.

단독으로 수술하기에는 아직 경험이 부족했기 때문에 스승으로서 마땅한 호통이었다.

하지만 백 교수는 기려가 명석한 두뇌와 정확한 진단, 그리고 생명에 대한 고귀한 사랑을 가진 보기 드문 의사라는 것을 알고 있었다.

백 교수는 벌써부터 자기의 후계자로 기려를 생각하고 있었다.

그래서 마침 기려가 처음으로 성공한 맹장염 수술에 대하여 백 교수는 좀 더 풍부한 경험을 쌓도록 환자를 자주 시술할 기회를 주었다.

그리고 맹장염을 일으키는 세균에 대하여도 〈충수염 및 충수염성 복막염의 세균학적 연구〉란 테마를 주어 확실한 지식을 갖도록 연구하게 했다.

기려는 맹장이 가장 좋은 실험 재료여서, 수술에서 떼어 낸 맹장을 찾아다니며 온갖 세균을 잡아내 배양했다.

맹장염을 일으키는 세균이 무엇인지 밝혀내야 그 세균을 죽이는 약품을 개발할 수 있기 때문이었다.

기려는 스승이 준 이 과제를 두고 4년 동안 270예의 실험을 통하여 논문을 완성했다.

1940년 3월, 이 논문은 경성의전에 와 있다가 마침 귀국하는 일본인 교수를 통해 나고야 대학에 제출되었고, 기려가 평양 기독병원에 가 있던 그해 9월에 통과되었다.

이 논문으로 기려는 나고야 대학의 박사 학위를 취득했다.

이것은 기려가 고향 입암동의 뒷산 바위들처럼 언제나 서 있는 의사가 되리라 다짐하고, 경성의전에서 의학을 공부한 지 12년 만에 이룬 결과였다.

춘원 이광수 선생은 평안북도 정주 출신으로 일본 유학 시절 유학생들의 독립 선언서를 기초했으며, 6·25 전쟁 때 납북된 사람이다.

그는 우리나라 신문화 운동의 개척자이며, 한국 첫 현대소설 〈무정〉 등 우리 문학사에 수많은 작품을 남겼다.

그 무렵 춘원은 척추결핵으로 입원을 하게 되었는데 수술은 백 교수가 맡았고, 기려가 6개월 동안 주치의로서 춘원을 돌보게 되었다.

"춘원, 이제 안심해도 좋소. 여기 우리나라 최고의 주치의가 있으니까."

백 교수는 기려를 춘원에게 이렇게 소개했다.

유명한 소설가 춘원을 직접 만나 보기는 처음이었다.

기려가 본 춘원은 마른 얼굴에 눈이 부실 정도로 강렬한 사람이었다.

'아, 이분이 바로 일본에서 독립 선언서를 기초해서 우리 민족의 감정에 불씨를 붙인 바로 그 장본인이구나.'

기려는 우리 민족을 위해 입암동의 바위처럼 서 있는 춘원의 주치의가 된 것이 무척 기뻤다.

춘원은 자신의 주치의로 아침마다 빨리 완쾌되기를 기도해 주고 가는 이 작은 의사에게 관심이 많았다.

회진 온 기려에게 틈이 있어 보이면 '바보 이반'이나 '부활'과 같은 명작을 들려주었고, 기려는 그 즈음 개를 통하여 알레르기에 대한 동물 반응을 실험하고 있을 때였으므로 그 실험을 두고 춘원과 이야기를 나누었다.

"나도 소설가 그만두고 의사 시험을 치러 볼까?"

춘원은 기려와 이야기를 나누다 때때로 이런 말을 할 만큼 의사에 대한 관심이 컸다.

그때는 의학 전문학교를 나오지 않고도 의사 시험을 치를 수 있었으며, 백 교수도 춘원 실력이라면 의사가 될 수 있을 것이라 했다.

기려는 춘원 같은 유명한 사람뿐만 아니라 어떤 사람에게도 친절한 자세로 대하였고, 돈이 없어 수혈을 받지 못하는 환자에겐 피를 사서 수술시키는 예가 한두 번이 아니었다.

의사로서의 꾸준한 연구심, 수술에 들기 전에 반드시 기도하는 신앙심, 그리고 모든 환자에게 진심으로 베푸는 사랑을 보면서 춘원은 많은 감동을 받았다.

그리고 춘원은 만일 자기가 의사가 된다면 꼭 장기려 같은 의사가 되고 싶었다.

춘원이 완쾌되어 퇴원하는 날이었다.

"그동안 하루도 빠짐없이 기도해 준 선생의 덕택이오. 큰 상을 드리고 싶구려."

춘원은 기려의 손을 꼭 잡고 이별을 아쉬워했다.

"상은 선생님께서 이미 주셨습니다."

기려도 춘원과 헤어지는 게 아쉬운 듯 잡은 손을 놓을 줄 몰랐다.

"내가 당신에게 언제 상을 주었소?"

춘원은 기려가 이미 상을 받았다고 하는 말이 쉽게 이해되지 않았다.

"환자가 완쾌되어 퇴원하는 것이 의사에게는 최고의 상입니다. 상을 주셔서 고맙다고 오히려 제가 인사드립니다."

그제야 춘원은 상의 의미를 깨닫고 통쾌하게 웃었다.

"하하하, 내가 그동안 관찰한 바로는 당신은 성인이 아니면 순전히 바보요."

"선생님, 저는 절대로 성인은 아닙니다. 그러나 바보라는 그 말씀은 선생님이 주시는 상으로 알고 고맙게 받겠습니다."

기려는 춘원의 바보라는 말이 정말 마음에 드는지 기분 좋은 얼굴이었다. 하나님의 종으로서 이보다 더 좋은 칭찬은 없었다. 그날 이후로 기려는 가슴 깊은 곳에 '바보'라는 훈장을 걸어 두었다. 그리고 이기심이 생기려고 할 때마다 가장 낮은 자리에 있는 바보를 바라보았다.

춘원 이광수 선생은 입원해 있는 동안 장기려의 인간됨을 보아 오며 소설 하나를 구상했다.

춘원은 퇴원 후, 잊을 수 없는 의사 장기려를 소설의 주인공 '안빈'에 담아서 세상에 내어 놓았다.

〈사랑〉의 주인공 안빈의 숭고한 의사상이 바로 춘원 이광수가 본 장기려의 모습이었다.

첫 시련을 이기다

기려는 나이 서른에 이르자 의학도로서의 뜻을 펴기 위해 경성 의전을 떠나겠다고 마음을 굳혔다. 의전 학생으로, 백인제 교수의 조수로, 그리고 후배를 가르치는 교수로 12년 동안 지내 오던 경성의전이었다.

뜻을 세우면 굽힐 줄 모르는 제자의 성격을 잘 아는 백 교수는 떠나려는 기려에게 대전 도립병원의 외과 과장직을 추천해 주었다.

그러나 뜻밖에도 기려는 스승의 이 친절을 사양했다.

"선생님, 저는 일본인들 밑에서 눈치를 보아야 하는 대전 도립병원에는 가지 않겠습니다."

기려의 이 단호한 거절은 스승의 마음을 상당히 아프게 했다.

대전 도립병원의 외과 과장직은 그 당시 좋은 대우를 받는 자리인 데다 아끼는 제자를 가까운 곳에 두기 위해 애써 마련한 것이었다.

'고약한 녀석 같으니……'

제자들은 스승이 그렇게 서운해 하는 모습을 처음 보았다고 했다.

그러나 스승은 '장기려는 처음 세운 뜻을 끝까지 잃지 않는 사람'이라고 동아일보에 기고까지 해 가며 칭찬을 아끼지 않았다.

기려는 고향의 예배당 십자가와 할머니의 이름이 새겨진 대들보 밑에서의 맹세를 결코 잊지 않았다.

'의사가 되면 의사를 한 번도 못 만나 보고 죽어 가는 환자들을 돌보며 살겠다.'

그때의 다짐을 지키기 위해 기려는 가난한 환자들이 많은 평양 기독병원의 외과 과장으로 갔다.

1940년 3월이었다.

세브란스 병원 외과 창설자인 이용설 박사의 추천으로 온 이 병원은 경성의전에 있을 때보다 월급이 많았다.

그러나 집안 살림은 여전히 쪼들렸다.

수술비가 없는 환자에게 수술비를 대어 주고, 헐벗은 사람에게는 옷을 벗어 주는 일이 서울에서보다 더 자주 있었다.

평양 기독병원에 박사 학위를 가진 의사는 기려 혼자뿐이었다.

그 즈음 원장 앤더슨이 미국으로 귀국하면서 그동안 지켜보아 온 상기려에게 원장직을 물려주었다.

외과 과장으로 근무한 지 10개월 만이었다.

그런데 박사 학위는 가졌다고 하나 나이도 적은 데다가 의사의 경력도 짧은 기려였다.

부임해 온 지 얼마 안 된 장기려가 원장직을 맡게 되자 시기하는 의사들이 하나 둘씩 나타났다.

그리고 시기를 넘어 모함에 이르기까지 했다.

장기려는 병원장으로서의 자격이 없어 다른 의사들과 의견이 잘 맞지 않으며, 의사들을 경성의전 출신들로 갈아 버리려 하고, 신사참배를 하려고 한다는 것이 모함 내용이었다.

평양 기독병원의 의사들은 거의 세브란스 의전 출신이었다.

기려가 어느 날 놀러 온 경성의전 선배에게 좋은 내과 의사가 있느냐고 물어 본 적이 있었는데, 이 말을 누가 엿듣고는 거기에다 살을 붙여 모함 속에 넣은 것이다.

신사참배도 기독교 신자인 기려에게는 터무니없는 모함이었다.

일본이 그들의 신을 사당에다 모셔 놓고 절하는 예식을 신사참배라고 한다. 우리나라를 식민지로 만든 일본은 이제 그들이 믿는 신에게 절까지 하라고 강요했다.

독실한 기독교 신자인 기려는 일본인 밑에서 일하는 것이 싫어서 대전 도립병원도 마다하고 평양 기독병원으로 왔는데, 아무리 모함이라고 하지만 신사참배는 도무지 이해가 되지 않았다.

급히 소집된 이사회에서는 이런저런 평계로 기려에게 원장직을 내어 놓고 도로 외과 과장으로 내려가라는 회의 결과를 알려 주었다.

기려가 과장직으로 내려오니 월급도 따라서 내려갔고, 원장 사택인 낡은 방 두 칸마저도 비우라고 순사를 시켜 드나들게 했다.

'주님, 보셨지요. 이런 모욕을 받을 때 저는 어떻게 해야 합니까?'

아무도 없는 교회에서 기려가 울적한 마음으로 기도를 드리는데, 어디선가 예수님의 말씀이 들리는 것 같았다.

'기려야, 아무 잘못도 없는 나에게 고통과 모욕을 주며 십자가에 못 박을 때, 나는 하나님께 그들의 죄를 사해 주십사고 기도했다. 고통이 없이는 영광도 없다는 것을 기억하여라.'

기려는 예수님의 그 거룩한 뜻을 되새기며 진실은 언젠가 꼭 밝혀진다는 것을 믿고 참기로 했다. 그러자 가슴 속의 바보 훈장도 반짝 빛나는 것 같았다.

그리고 의사의 사명은 환자를 올바르게 진료하는 데 있지, 어떤 직책과는 상관없는 일이라고 생각하며 원장이 된 지 두 달 만에 도로 외과 과장 자리로 갔다.

장기려가 원장에서 다시 과장으로 내려갔다는 소문은 순식간에 퍼졌고, 다른 병원 몇 군데서 원장으로 오라는 부탁도 들어왔다.

그러나 기려는 조금도 흔들리지 않고 과장직을 묵묵히 지켜 나갔다.

이 시기에 기려는 환자의 치료뿐만 아니라 의학 연구에도 많은 성과를 거두었고, 새로운 논문을 조선 의학회와 일본 외과학회에 발표했다.

1943년, 기려가 간암을 수술하여 최초로 성공하는 예를 보이자 의학계는 깜짝 놀랐다.

그 당시 간암은 수술할 수 없는 병으로 알려져 있었고, 기려보다 3년 앞서 일본인 오가와 교수가 수술을 했으나 환자가 곧 죽어 발표조차 하지 못한 예가 있었기 때문이다.

기려를 시기하던 세브란스 출신 의사들은 오직 인술의 길로 말없이 걸어가는 기려에게 점점 고개를 숙였고, 텃세는커녕 같은 의학도로서 도움을 청하거나 개인적인 문제도 의논해 올 만큼 가까운 사이가 되어 갔다.

그동안 기려의 속사정을 훤히 알고 있던 새로 부임한 병원장 김명선 박사도 연말 보너스를 두둑이 주면서 격려했다.

"여러 가지 일로 참 노고가 많았소. 보너스란 원래 일을 많이 한 사람에게 주는 것이오. 장 박사에게만 특별히 주는 이 보너스는 당신이 일을 가장 많이 했기 때문이오."

뿐만 아니라 원장은 기려가 살고 있는 낡은 사택을 둘러보고는,

"가족들과 방 두 개로 어떻게 사오. 마침 내가 사 놓은 집이 있으니 그리로 옮기시오."

하고 권유했다.

원장은 자기가 살려고 사 둔 집을 기려에게 내어 주었던 것이다.

기려의 명성은 나날이 높아 갔으나 살림의 어려움은 마찬가지였다.

가난한 환자들 사이에서는 장기려를 만나면 병이 낫는 것은 물론, 치료비 도움까지 받을 수 있다는 말이 나올 정도였으니 그의 가정생활이 어려울 것은 뻔한 일이었다.

"여보, 당신이 하시는 일이 옳은 것은 알아요. 당신이 시키는 어떤 일이라도 할 수 있으나 돈 꿔 오는 일만은 안 했으면 좋겠어요."

늙은 시부모님을 모시고 살면서 생활비가 모자라 돈을 꿀 수밖에 없었던 아내의 하소연이었다.

"당신에게 미안하오. 그러나 우리 모두가 하나님의 자녀로서 형제가 병난 데다 치료비까지 없으니 어떻게 그냥 볼 수 있겠소. 내가 그들의 아픔을 조금이라도 덜어 주면 그들은 그만큼 희망을 갖는다오. 우리가 도와주지 않으면 누가 돕겠소?"

기려는 아내에게 자신의 마음을 이해시키는 수밖에 없었다.

1945년 7월, 일본이 곧 패망한다는 소문이 조심스레 나돌던 무렵에, 기려는 심한 불면증에 걸려 신경쇠약이 되었다.

지난 1년 동안 세브란스 출신 의사들의 텃세를 감당하느라 쌓여 온 강박관념을 가슴 속에서 씻어내지 못한 탓이었다.

그런 중에 황달까지 겹쳐 이러면 죽지 않을까 하는 생각에 사로잡혔다.

황달은 이비인후과 박소암 박사의 치료로 한 달 만에 나았으나 신경쇠약 증세는 더 깊어만 갔다.

'그래, 하나님께 무얼 하다 왔다고 하지? 세상에 크게 쓰일 일도 하기 전에 죽을 것 같은데……'

기려가 병원 일을 계속할 수 없게 되자 가족들은 병원의 양해를 얻고 얼마 동안 요양하기를 바랐다.

"자네 같은 명의도 자기 병은 못 다스리나 보군. 그래, 얼마 동안 휴양을 하시오. 그동안 건강도 돌보지 않고 과로했으니 신경쇠약에 걸릴 만도 하지……."

병원장도 쇠약해진 기려를 보더니 쉽게 휴양을 허락해 주었다.

기려는 평안북도 묘향산 근처의 약수터로 아내와 같이 요양을 떠났다.

휴양 온 지 한 달 정도 지난 무더운 여름이었다.

밖에 나갔던 아내가 뚝뚝 떨어지는 땀을 닦을 생각도 않고 숨을 몰아쉬며 뛰어 들어왔다.

몸가짐이 다소곳한 아내에게서 처음 보는 일이었다.

"여보! 일본이 망했대요. 우리 조선이 해방되었대요."

아내가 땀과 눈물이 얼룩진 얼굴로 단숨에 말을 쏟아 놓았다.

"그럴 리가! 헛소문일 게요. 지독한 일본이 그리 쉽게 조선을 해방시킬 성싶소?"

기려는 아내의 말을 믿으려 하지 않았다.

"정말이에요. 일본 천황이 항복한다는 방송을 했대요. 우리도 이러고 있을 때가 아니에요."

광복의 기쁨과 아픔

1945년 8월 15일.

정말이었다.

연합군에게 무조건 항복한다는 일본 천황 히로히토의 울먹이는 목소리가 라디오를 통해 흘러 나왔다.

최후의 한 사람까지도 싸우겠다던 일본은, 두 도시에 떨어진 원자폭탄의 엄청난 피해와 연합군의 참전으로 더 이상 버티지 못하고 항복하고 말았던 것이다.

이렇게 해서 제2차 세계대전은 끝나고 35년 동안 우리나라를 통치해 오던 악랄한 조선 총독부도 해체되었다.

아버지 모습이 떠오르면서 기려의 눈에서는 주르르 눈물이 흘

러내렸다.

3·1 운동 때 독립 만세를 부르기 위해 마을 사람들과 올라갔던 뒷산이 눈앞에 선히 다가왔다.

서 있던 바위들도 오늘의 이 기쁨을 알고 있을 것이다.

'두고 보시게, 저 바위들이 우리를 일어서게 할 테니 두고 보시게.'

아버지의 힘찬 목소리도 가까이서 들려오는 듯했다.

'그래, 고향의 바위들이 우리를 일어서게 하였어. 이렇게 누워 있을 수가 없지. 입암동 바위처럼 일어서 있어야지.'

비록 조선의 힘으로 조국을 되찾은 것은 아니지만, 찾은 나라를 우리의 힘으로 강하게 만들어야 한다고 기려는 속으로 부르짖었다.

오래 누워 있던 기려의 몸은 몇 걸음도 걷지 못하고 비틀거렸지만, 아내와 부랴부랴 짐을 챙겨 개천역으로 나갔다.

광복의 기쁨으로 넘치는 개천역에는 탄광에서 강제 노동하던 광부들이 시커먼 작업복을 입은 채로 덩실덩실 춤추며 기차를 기다리고 있었다.

그들의 고향은 어디일까?

희망찬 사람들의 얼굴에서, 기려는 어릴 적 마을 동무들과 날마다 뒷산에 올라 독립 만세를 불렀던 그 추억을 더듬었다.

광복의 기쁨으로 울고 있는 수많은 사람들을 보면서 기려는 우리가 한 민족임을 새롭게 느꼈다.

평양으로 돌아오는 기차는 만원이었다.

네 사람이 앉는 좌석에 일고여덟 명씩 앉고도 모자라 통로까지 메워졌다.

그래도 누구 한 사람 불평은커녕 그 자리도 넓다는 듯 여기 와서 앉으라고 서로의 옷자락을 끌어당겼다.

광복은 평양에도 기쁨의 큰 물결을 이루고 있었다.

아버지는 벌써 고향으로 가고 없었다.

고향의 뒷산 바위들과 이 감격을 나누고 싶었을 아버지의 심정을 기려는 누구보다도 잘 알고 있었다.

평양 기독병원에도 병실마다 넘치던 환자들이 거의 다 나가고 텅텅 비어 있었다.

약으로도 안 낫던 병을 광복의 기쁨이 치료해 주었던 것이다.

해방이 되자 해외에 나가 있던 애국지사들이 고국으로 속속 돌아오고 건국 준비를 하느라 부산했다.

산정현 교회도 신사참배를 거부한다고 폐쇄되었으나 해방과 더불어 다시 문을 열었고, 기려는 전처럼 장로의 일을 그대로 맡왔다.

그러나 광복의 기쁨은 잠깐이었다.

연합국의 승리로 해방된 조국은 민주주의와 공산주의로 대립되었다. 38선 남쪽은 미국이, 북쪽은 소련이 통치하기 시작해 우리나라는 두 동강으로 허리가 잘려 버렸다.

기려는 김명선 박사의 추천으로 조만식 선생이 위원장으로 있던 건국 준비위원회의 위생 과장이 되었고, 얼마 안 가 평안남도 제1인민 병원 원장 겸 외과 과장으로 임명되었다.

이 병원에서는 환자를 보는 일보다 정치 테러로 죽은 사람들의 시체를 처리하는 일이 더 많았다.

더구나 기려는 직위만 원장이지 아무 권한도 없었다.

눈만 뜨면 민청원들이 병원에 들어와 무슨 일이건 일일이 간섭했다. 그들의 허락 없이는 아무것도 처리할 수 없었다.

기려는 이런 분위기를 견딜 수 없어 그만두려고 했지만 북쪽은 이미 그럴 자유마저 없는 공산주의 사회로 변해 있었다.

그 즈음 평소 기려를 잘 알고 아껴 주던 김일성 대학 의과대학 학장이 그 학교 부총장과 부학장을 데리고 찾아와 기려에게 의과대 강좌장(주임 교수)을 맡아 달라고 부탁했다.

"나는 강좌장으로 맞지 않으니 사양하겠습니다."

기려는 이 쟁쟁한 공산당원들에게 눈 하나 깜짝하지 않고 거절했다.

그 당시 김일성 대학의 강좌장이 되는 것은 쉬운 일이 아니었다.

공산당원들의 엄격한 심사를 거쳐야만 되는 강좌장 자리를 기독교 신자인 장기려에게 맡아 달라는 것은 뜻밖이었다.

공산주의자들은 종교를 인정하지 않았기 때문이다.

"장 원장 같은 분이 적합하지 않으면 그럼 누가 알맞다는 말입니까?"

기려를 찾아온 학장은 난처한 표정으로 물었다.

"예, 나는 아직 김일성 대학의 강좌장 될 만한 실력을 갖추지 못했고, 공산주의 이론도 잘 모릅니다. 더구나 나는 일요일을 하나님께 바쳐야 하기 때문입니다."

기려의 당당한 이 말은 공산당원 세 사람을 놀라게 했다.

"저분의 말이 사실입니까?"

소련에서 온 부총장은 기려의 인물됨을 잘 몰랐기 때문에 같이 온 두 사람을 번갈아 보며 이렇게 물었다.

"예, 앞의 두 말은 겸손의 뜻이지 사실이 아닙니다. 그러나 장 원장이 독실한 기독교 신자인 것만은 사실입니다."

학장의 이 대답에 부총장은 잠깐 생각에 잠기더니,

"인민이 원해도 거절하시겠습니까? 단, 일요일은 일해 달라고 하지 않을 것을 약속하겠습니다."

라고 제안했다.

기려는 부총장의 약속을 믿고 김일성 대학의 의과대학 외과학 강좌장을 맡았다.

"나하고 1년만 같이 지내면 장 선생도 공산주의자가 될 겁니다."

이렇게 장담하던 부학장은 1년 후 공산당원으로서 잘못을 저질러 모든 직책을 박탈당하고 겨우 의사직만 허용되었다.

그러나 기려는 공산당원이 아닌데도 당의 신임이 날로 두터워졌다.

기려는 김일성 대학 강좌장으로 지내면서 한 번도 빠짐없이 일요일이면 교회에 나갔다.

공산당이 다른 교회는 모조리 탄압하면서도 산정현 교회를 직접 탄압하지 못하는 것은, 일제 때 신사참배를 거부한 것과 장기려가 장로로 있기 때문이었다.

그리고 기려가 수술할 때에 하는 간절한 기도는 공산당원조차도 차마 방해하지 못했다.

사람의 목숨이 보이지 않는 어떤 절대한 힘에 이끌려 가고 있음을 공산당원들도 인정하지 않을 수 없었던 것이다.

많은 기독교 신자들이 공산당원들로부터 받는 탄압이 두려워 지하로 숨어들었지만 기려는 떳떳이 하나님을 믿고 섬겼다.

공산당은 기독교를 믿는 대학생들에게도 표나게 퇴학을 시키지는 않았지만 민청원 학생들을 시켜서 학교에 못 붙어 있게 했다.

"교수님, 죽든 살든 남으로 내려가렵니다."

그런 말을 남긴 제자들이 하나 둘씩 사라졌다.

어느 날 기려는 책 속에 낯선 편지 하나가 들어 있는 것을 발견했다.

〈월남하십시오. 백인제 교수님이 서울대학에 자리를 마련해 두고 기다리고 계십니다.〉

누군가 공산당의 눈을 피해 두고 간 편지였다.

'아! 백인제 교수님.'

기려는 너무 오랫동안 잊고 있었던 그리운 이름 앞에 목이 메었다.

제자를 위하여 이 어려운 시기에 또 한 번 자리를 마련해 두고 기다리는 스승의 모습이 눈에 선히 떠올랐다.

'선생님, 저도 남으로 가겠습니다. 그 기회가 빨리 오도록 간절히 기도하고 있습니다.'

의사로서의 사명을 다하고 있지만 끝내 공산당에 가입하지 않는 기려에게도 언젠가부터 감시원이 따르고 있었다.

기려를 곁에서 도와주는 수석 간호사가 감시원이었다.

언제 남으로 내려갈지 모른다고 생각했음인지 그 간호사는 기려가 하는 일을 하나도 빠뜨리지 않고 당에다 보고했다.

1947년, 당의 감시를 받고 있던 기려는 영문도 모를 '모범 일꾼상'을, 다음 해에는 과학원에서 원하지도 않은 북한 최초의 박사 학위까지 받게 되었다.

기려를 김일성 대학에 강좌장으로 추천해 준 쟁쟁한 공산당원들은 거의 숙청을 당했는데, 기려에겐 어찌된 셈인지 당에서 이런 상들을 주며 신임했다.

아마 고급 당원들이 자기네들 목숨을 위해 비록 기독교 신자이지만 기려 같은 훌륭한 의사를 가까이 두고 싶었던 모양이다.

의학 박사에다 김일성 대학의 강좌장 정도의 직위면 북한 사회에서는 최고의 대우를 받는 편이었다.

그런데도 기려의 열 식구 생활이 힘들기는 마찬가지였다. 귀한 손님이 와도 끓는 물에 달걀을 푼 수란국과 김치밖에 대접할 게 없었다.

박사가 된 후에 월급이 올라도 아내는 가재도구를 하나씩 팔아서 생활비에 보탰고, 병원의 환자복을 손수 지어서 없는 살림을 도왔다.

아내가 환자복을 짓게 된 경위는 이러했다.

기려가 김일성의 부인을 수술해 준 일이 있었다.

마침 수술 경과가 좋아 부인은 사례를 한다고 광목 한 필을 보내 왔다.

때마침 생긴 광목을 보자 아내는 시부모의 옷을 지어 드려야겠다 싶어 기뻐했다.

광목이 생긴 것을 안 기려는 퇴근길에 병원의 재봉틀 한 대를 빌려 왔다.

"당신, 그 광목으로 수고 좀 해 주구려."

아내는 손으로 지으려고 한 옷을 재봉틀로 하면 옷 맵시도 좋아 보이려니와 시간도 절약된다 싶어 고마워했다.

"광목 한 필이면 환자복이 몇 벌이나 나올까 몰라. 되는 대로 지어 보오."

기려는 회진 때마다 보게 되는 환자들의 낡은 환자복을 바꾸어 주려고 재봉틀을 빌려 온 것이었다.

아내는 남편이 가져 온 재봉틀의 쓰임이 딴 데 있는 것을 알고는 몹시 실망했지만 내색하지 않았다.

"당신 솜씨가 보통이 아니구려."

완성된 환자복을 보며 기려는 무척 흡족해 했다.

그 이후로 솜씨를 인정받은 기려의 아내에겐 대학 병원의 환자
복을 지어 주는 부업이 생긴 것이었다.

기려는 길에서 만나는 거지들을 곧잘 집으로 데려왔다. 그리고
언제나 겸상으로 차리게 하고 자기 앞의 밥이 조금 많아 보이면
아내 몰래 얼른 거지의 밥과 바꾸어 놓았다.

이렇게 불쑥불쑥 데려오는 손님들을 대접하느라 아내는 기려
몰래 결혼반지까지 팔았다. 그러나 아내는 남편을 조금도 원망하
지 않았다. 아내는 이미 가정의 평화를 자기의 몫으로 받아들였고,
오히려 남편의 평화를 도와야 한다는 사명감까지 갖고 있었다.

어느 일요일 오후였다.

기려는 서재에서 책을 읽고 있었다. 우물가에서 아내의 빨래하
는 소리가 여느 때보다 정겹게 들렸다.

아침 예배를 볼 때 터져서 피가 흐르는 손을 남편에게 들키지
않으려고 숨기던 아내 모습이 문득 떠올랐다.

기려가 평양 기독병원 원장직에서 도로 외과 과장으로 물러설
때도, 순사가 와서 사택을 비우라고 비아냥거릴 때도 흔들리지 않

던 아내였다.

그때의 어려움을 견디어 낸 것도 아내의 굳은 믿음이 있었기 때문이라고 느꼈다. 그러자 기려는 아내를 불러 무엇인가 말하고 싶은 마음에 사로잡혔다.

기려는 책을 덮고 아내를 불렀다.

"여보, 우리가 참사랑을 하고 있는 것 같소. 문득 그런 느낌이 드는구려."

마흔 살에 가까운 아내는 물 묻은 손을 닦으며 부끄러운 듯 미소를 지었다.

"당신을 나에게 보내 주신 하나님께 감사 기도를 드리고 싶소. 참사랑이란 우리 중 누가 먼저 죽거나 헤어져 있어도 변치 않는 사랑이 아니겠소. 할머니의 참사랑은 돌아가셔서까지 내가 어둠에 빠져 있을 때 밝은 곳으로 불러 주셨다오. 그런데 내 손이 되어 주고 내 눈이 되어 주는 당신을 이렇게 고생만 시키니……."

"이까짓 고생이 어디 고생인가요. 나는 이 세상에서 마음이 가장 잘난 사람과 사는 걸요. 이보다 더한 어려움이 와도 저는 견딜 수 있어요."

아내의 말에서 기려는 그들 부부가 마음과 마음으로 굳게 이어져 있는 것을 깨달았다.

두 사람은 서로 손을 꼭 잡고 이런 깨달음을 주신 것에 대한 감사 기도를 드렸다.

"여보, 제가 가르쳐 드린 노래 기억하세요? 당신과 같이 오랜만에 노래를 부르고 싶어요."

기도를 끝낸 아내가 말했다.

아내는 고운 목소리로 노래를 곧잘 불렀다.

"그것 좋구려."

단풍잎은 떨어져서
뜰 앞을 쓸고 나간다.
누런 국화 향내는
바람에 따라 살더니
처량한 가을이여.

장미수풀 우거진
넓은 들을 넘어서
금모래가 반짝이는 곳으로
넘어가는 해 아름다워라.
붉은 물 풀어 놓은 듯

찬란하다 낙조.

노래를 끝내고 두 사람은 한참 마주보았다.
기려는 아내의 눈가에 촉촉이 어린 물기를 보았다.
"아름다운 노래지만 너무 쓸쓸하니 이제 이 노래는 부르지 맙
시다. 우리 중 누가 먼저 하늘나라에 가고 나면 혼자 남은 사람이
나 부릅시다."

오랜만에 아버지와 어머니가 노래 부르는 소리를 들은 아이들이 우르르 몰려왔다.

"어머니, 우리도 같이 불러요."

그날 기려네 가족은 시간 가는 줄 모르고 좋아하는 찬송가와 동요를 불렀다.

"어머니, 아버지와 함께 노래 부르니 너무 좋아요. 우리 일요일마다 이렇게 해요."

"오냐, 그러자꾸나."

아이들의 머리를 쓰다듬는 아내를 보며 기려는 하나님께서 주신 이 고귀한 시간을 가슴 가득히 담았다.

그러나 이 행복한 일요일은 그들에게 다시는 찾아오지 않았다.

피로 물든 삼천리

기려는 여름휴가를 이용하여 소련의 외과 서적을 번역하러 묘향산 휴양소에 가 있었다.

"급한 일이 생겼으니 빨리 돌아오십시오."

당으로부터 전화를 받고 기려는 급히 평양으로 돌아왔으나 급한 일은 없었고, 다만 무언가 모를 어둡고 불안한 기운만 감돌고 있었다.

1950년 6월 25일.

이날은 북쪽의 김일성이 소련의 도움을 받아 선전 포고도 없이 남쪽으로 쳐내려온 날이다.

같은 민족끼리 서로를 죽이며 삼천리 강산을 피로 물들였던, 우리 역사에 지울 수 없는 상처로 기록된 6·25 전쟁을 일으킨 것이다.

'남조선 군대가 북침하여서 전쟁이 불가피하게 일어났으며 성공적으로 진행되고 있다.'

전쟁을 알리는 기사가 평양 로동신문에 이렇게 실렸다.

그리고 아무리 공산주의자라고는 하지만 양심은 있었던지 조선 노동당 부위원장인 박헌영의 더듬는 목소리가 라디오를 통해 흘러나왔다.

'남조선 군대가 먼저 쳐들어왔으므로 반격한 것이다……'

그러나 당장 통일이 된다던 공산당의 장담은 유엔군의 참전으

로 여지없이 무너졌다.

기려는 매일같이 쏟아져 들어오는 피투성이의 인민군들을 보고 깊은 고뇌에 빠졌다.

일본으로부터 광복이 된 지 몇 년도 안 돼서 이젠 동족끼리 벌이는 처참한 비극이라니. 전쟁이 일어나자 맏아들 택용은 17세의 어린 나이인데도 약제조사라고 하여 장교로 징집되었다.

기려는 택용이 또래의 어린 군인들이 피투성이가 되어 들어올 적마다,

'이것이 당신들이 원하는 평화의 모습이란 말이오?'

하고 온몸을 부르르 떨었다.

초여름의 산천은 공산당이 저지른 이런 참상을 아는지 모르는지 푸르러만 갔다.

그해 9월 16일, 기려가 있던 평양은 유엔 공군의 폭격이 가장 맹렬했다.

기려가 밤새도록 부상자 수술을 하고 아침에 밖을 내다보면 400명 정도의 새로운 부상자가 병원 마당에 짐짝처럼 누워 있었다.

평양 시내의 병원에서 치료할 수 없는 부상자들을 기려가 있는 의과대학 병원으로 보내온 것이었다.

그 즈음, 평양 시내의 각 관청들은 유엔군의 반격으로 후퇴를 서두르고, 병원 안에 있던 공산당원들도 피난 갈 생각을 하고 있었다.

"원장님은 저희들이 모시고 가겠습니다."

이렇게 기려를 위하는 체하던 그들은 사태가 다급해지자 언제 도망갔는지 하나도 보이지 않았다.

기려도 아내가 피난 가 있던 반송이란 시골로 가서 국군이 평양에 입성할 때까지 숨어 지냈다.

10월 20일, 드디어 국군이 평양을 점령하였다는 방송을 듣고 기려는 급히 돌아왔다.

공산당원들과 같이 있으면서도 끝까지 당에 가입하지 않고, 의사로서 학자로서의 길만 걸어온 장기려의 이름은 남한에도 이미 알려져 있었다.

국군 군의관이 된 후배들이 어느 날 기려의 집으로 찾아왔다.

그들은 어렵게 살고 있는 기려를 보자 쌀가마며 생활용품을 가져와 살림을 도와주었다.

그리고 같이 일을 해 달라고 부탁해서 기려는 야전 병원에서 국군 부상자를 치료하고, 유엔 민간 병원에도 나가 민간인까지 치료해 주었다.

그런 와중에 기려는 틈틈이 스승 백인제의 안부와 친구들의 소식을 묻는 등, 오랜만에 감시원의 눈길을 받지 않고 자유롭게 이야기를 할 수 있었다.

유엔군이 전 국토를 거의 장악해 조국의 통일이 눈앞에 다다랐을 무렵이었다.

중국이 같은 공산주의 국가인 북한을 돕기 위해 50만 대군을 이끌고 물밀듯 쳐내려왔다. 유엔군은 다시 후퇴하지 않을 수 없게 되었다.

"여보, 공산군이 돌아오면 당신이 국군을 치료해 주었다고 그냥 두지 않을 거예요. 어서 남으로 피하세요."

생각 깊은 아내가 주위에서 들리는 소문을 듣고 얼굴이 창백해져 말했다.

"그렇잖아도 국군 병원 버스에 내 자리를 마련해 두었다고 하오. 그런데 우리 가족들이 탈 수 있는 자리는 없는데 어쩌겠소?"

"저희 걱정은 마세요. 다리로 못 건너면 혹시 대동강을 건너는
배라도 있는지 알아볼게요."

평양에서 선교리로 건너오는 다리는 폭격으로 끊어지고, 임시
로 가설된 다리가 생겼지만 군대 수송만 가능할 뿐 일반인에게는
통행이 금지되어 있었다.

아내는 날마다 남한으로 가는 배를 알아보기 위해 강으로 나갔다.

1950년 12월 3일이었다.

아내는 기려가 남으로 떠나는 것을 보려고 차를 기다리다가 아
이들을 데리고 대동강으로 나갔다.

국군 의무대 수송 버스는 약속한 시간을 한참 지나서야 기려의
집에 도착했다.

"아버지, 국군 버스가 왔습니다. 저는 버스로 내려가니 집사람
과 함께 배를 타고 건너십시오."

"여기 걱정은 말고 네 몸조심이나 하여라. 중공군이 이 늙은이
들을 어쩌겠느냐? 배편이 구해지면 어멈과 아이들을 먼저 보내겠
다. 전쟁이 얼마나 가겠느냐. 며칠만 피해 있으면 다시 만날 걸 가
지고……. 어서 떠나거라."

"예, 아버지 어머니, 그럼 그동안이라도 건강하십시오."

기려는 부모님에게 절을 올리고 집을 나섰다.

마침 밖에서 들어오던 둘째 아들 가용이 아버지가 든 무거운 가방을 받아 들고 버스가 있는 곳까지 배웅해 주러 따라 왔다.

"아버지, 안녕히 다녀오십시오."

어린 아들은 아버지가 가까운 병원에 출근이라도 하는 줄 아는지 이렇게 인사를 했다.

"박사님! 아이를 어서 태우십시오."

"자리가……."

"시간이 없습니다. 어서요!"

군의관의 급한 목소리에 가용은 아버지를 따라서 얼떨결에 버스에 올랐다.

평양 시내는 피난민들로 들끓었다.

버스가 약속 시간에 오지 못한 것도 이 피난민들로 교통이 복잡했기 때문이었다.

평양의 화신백화점 앞을 버스가 지나치는데 가용이 갑자기 소리쳤다.

"아버지, 저기 엄마와 신용이가……."

가용은 어머니와 누이동생이 손을 잡고 가는 것을 보았던 것이다.

버스 안에서 손을 흔들었지만 어머니의 모습은 사람들 속으로 신기루처럼 사라져 버렸다.

하지만 며칠만 지나면 다시 만나리라는 믿음을 안고 기려와 가용은 버스로 무사히 대동강을 건넜다.

그 후 닷새 동안은 걸어서 개성으로 왔고 개성에서 서울까지는 기차를 탔다.

다시 서울에서 나흘 동안 화물 열차를 타고 부산에 도착한 것이 12월 18일이었다.

항구 도시인 부산은 임시 수도가 되어 있었으며 피난 온 사람들로 북적거렸다.

비릿한 갯냄새를 풍기는 부산, 자유를 찾아온 기려에게는 이 부산의 갯냄새가 한없이 싱그럽게 느껴졌다. 그것은 바로 자유의 냄새였다.

당장 잠잘 곳이 없는 기려는 가용을 데리고 평양 사람이 군의관으로 있다는 해군 본부로 찾아갔다.

해군 본부에는 평양에서부터 잘 아는 대위 한 사람이 와 있었는데 기려를 보자 반가움에 얼싸안았다.

"박사님, 언제 오셨습니까?"

"지금 막 오는 길이오, 반갑소."

"가족도 함께 왔습니까?"

"둘째 놈만 데리고……, 배로 강을 건넌다고 했으니 곧 만나게 될 것이오."

대위는 기려를 부산의 남일국민학교를 빌려서 쓰고 있던 제3육군 병원으로 데리고 갔다.

정희섭 대령이 병원장이었다.

그는 평양 사람으로 이북에서 온 의사들을 많이 받아 주었다.

기려는 그날로 제3육군 병원에 취직이 되었고, 아들 가용은 이 병원의 약국에서 청소도 하고 증류수를 끓이며 심부름을 했다.

병원에 취직이 된 사흘 후 기려는 초량교회에 예배를 보러 갔다가 돌아오는 길이었다.

'삼일사'라는 정보기관에서 나온 정보원이 불쑥 나타나 기려의 팔을 낚아채었다.

"장기려, 같이 갑시다."

깜짝 놀란 기려는 저항했다.

"내가 장기려이오만 무슨 일이오? 나는 의사요. 잡아가는 이유가 무엇인지 말하시오."

"입 닥쳐! 이 빨갱이 새끼."

젊은 정보원이 기려의 뺨을 후려갈겼다.

북한에서 유명한 의사였으며 김일성 대학의 교수, 더구나 김일성의 주치의까지 했던 장기려. 그가 월남했다는 정보를 입수한 삼일사에서는 기려를 조사할 필요가 있다고 느꼈던 것이다.

어둑한 방에 감금된 기려는 그 젊은 정보원의 말대로 자기는 얼마든지 빨갱이라고 오해받을 수 있다고 생각했다.

그리고 이것이 자유를 찾아온 값이라면 그대로 달게 받으리라 각오도 했다.

초량교회의 한상동 목사로부터 기려가 삼일사에 잡혀갔다는 말을 들은 미국인 목사 치즘 박사가 당장 삼일사로 찾아왔다.

"이 사람은 내가 잘 아는 평양 산정현 교회의 장로입니다. 공산주의자는 절대로 아니니 나를 믿고 풀어 주십시오."

기려는 일주일 만에 삼일사에서 풀려 나왔다.

하지만 북쪽에 두고 온 가족들에 대한 긱징과 그리워하던 스승 백인제 교수가 납북되었다는 가슴 아픈 소식으로 잠을 이루지 못했다. 기려는 이 시름을 잊으려고 환자를 돌보는 데 더욱 마음을 쏟았다.

제3육군 병원에서 근무한 지 반년쯤 지난 1951년 6월 20일이었다.

기려가 나가는 교회의 목사가 한 낯선 젊은이와 함께 병원으로 기려를 찾아왔다.

전영창이라고 소개를 받은 이 젊은이는 미국에서 신학을 공부하고 있었는데 졸업을 한 달 앞두고 급히 귀국했다고 했다.

중공군의 개입으로 국군이 후퇴하고 있으며 한국은 지금 부상병과 피난민, 그리고 전쟁고아로 넘치고 있다는 소식을 들었기 때문이었다.

애국심이 끓는 젊은이의 눈에는 한 달 남은 졸업도 보이지 않았던 것이다.

애국 청년 전영창은 미국인 친구들과 교회 신자들에게 한국 전쟁의 참상을 자세히 이야기한 후, 나의 조국을 돕는 일에 힘을 모아 달라고 호소했다.

그의 간절한 애국심은 미국인들의 마음을 움직여 잠깐 사이에 5천 달러라는 큰돈이 모아졌다.

전영창은 그 돈을 움켜쥐고 조국을 돕는 데 쓰기 위해 급히 달려왔던 것이다.

"이 돈으로 약을 사서 전쟁 이재민에게 나누어 주고 싶습니다."

전영창은 유엔 민사 원조처로 찾아가서 이렇게 이야기했다.

"당신이 의사입니까?"

민사 원조처의 노르웨이인 책임자가 물었다.

전영창은 자신이 신학 공부를 하는 학생으로 졸업을 한 달 앞두고 귀국하게 된 동기를 그에게 자세히 설명해 주었다.

"당신의 애국심은 고귀합니다. 그러나 당신은 의사가 아니라서 약을 줄 수 없습니다. 그리고 여긴 약을 파는 곳도 아닙니다."

이렇게 말한 노르웨이인 책임자는 전영창의 갸륵한 뜻에 감동했던지 다시 이렇게 말했다.

"한 가지 방법은 있습니다. 당신이 그 돈으로 조그마한 병원을 차리고, 의사를 데려오면 매일 50명분의 약을 원조해 주겠습니다."

그리하여 전영창은 한 목사와 의논한 끝에 기려를 찾아왔다고
했다.

기려는 애국심에 불타는 전영창의 목소리와 슬기롭게 빛나는
눈을 바라보면서 굳게 손을 잡았다.

"아, 그것은 내가 꼭 하고 싶었던 일입니다. 우리 무료 병원을
열어 가난한 피난민들을 도웁시다."

서 있는 의사

　의사를 한 번도 못 만나고 죽어 가는 사람들을 위하여 서 있는 의사가 되겠다던 어린 시절의 약속, 그 약속을 비로소 지킬 수 있게 되자 기려의 목소리는 사뭇 흥분되어 떨리고 있었다.

　전영창도 처음 만나는 이 작은 키의 의사에게서 자기의 뜻이 이루어질 것이라고 믿었다.

　1951년 7월 1일.

　기려는 제3육군 병원을 그만두고 부산 영도에 있는 제3교회의 초라한 창고에 무료 진료소 간판을 내걸었다.

　〈복음 병원〉

치료비를 한 푼도 받지 않는 병원이 생겼다는 소문은 부산의 이곳저곳으로 퍼졌다.

의사라고는 기려 혼자뿐인 조그마한 복음 병원에 가난한 환자들이 감당할 수 없을 만큼 몰려들었다.

더구나 자기 차례를 기다리느라 창고 밖에서 밤을 새는 환자들도 생겼다.

전종휘(현재 부산 인제대학교 명예교수) 박사는 북한에서 군용 버스를 타고 기려와 함께 월남한 후배 의사로, 그 즈음 부산에 피난와 있던 서울의대 교수였다.

기려는 전종휘를 찾아가서 창고 병원을 찾는 환자가 갈수록 불어나서 혼자서는 도저히 감당할 수 없다는 말을 했다.

그리고 내과를 볼 의사가 필요하니 시간을 내어 도와달라고 부탁했다.

그들은 각자의 전공대로 장기려는 외과를, 전종휘는 내과를 맡았다.

몰려오는 환자로 창고가 비좁아 두 달 후엔 영선국민학교 옆 공터에 천막 셋을 치고 이사를 했다.

병원이 조금 넓어지자 직원도 늘어 11명이 되었고 전영창이 총무를 맡아 병원의 모든 뒷바라지를 했다.

복음 병원은 무료 진료소라 수입이 없어 직원들의 월급은 미국의 개척 선교회에서 전영창에게 보내오는 500달러로 지급했다.

기려는 한 달에 한 번은 꼭 무의촌 순회 진료를 나가서 의사를 못 만나는 가난한 환자들을 돌봐 주었다.

수술대는 나무로 짜서 썼다.

천막 속에서 환자를 나무 수술대 위에 눕혀 놓고 수술을 하는 광경을 미국인 의사가 보고는 깜짝 놀랐다.

미국에서는 상상도 못할 시설이었다.

그리고 더욱 믿어지지 않는 것은 차례를 기다리는 환자들의 표정이 한결같이 이 작은 외과 의사를 믿고 있다는 점이었다.

"아아, 마치 동물을 수술하는 것 같군요. 여기서도 병이 나을 수 있다니……, 믿을 수가 없습니다."

미국 의사의 말에 기려는 빙긋이 웃었다.

"모르십니까? 의사는 병을 치료하고 하나님께서 낫게 하신다는 것을. 최선을 다하면 어떤 악조건이라도 환자는 낫습니다."

그래도 미국인 의사는 고개를 설레설레 흔들었다.

하나님을 인정하지 않는 공산 사회에서도 수술할 때는 기도를 했지만 그 기도가 이 나무 수술대 위에서는 더욱 필요했다.

기려의 기도는 몸과 마음이 약해진 환자들에게 병이 꼭 나을 것이라는 희망을 주었다.

천막 병원과 기도하는 의사의 이야기는 이 병원을 거쳐 간 사람들의 입을 통해 빠르게 퍼져 나갔고, 저 멀리 시골에서까지 환자들이 몰려들었다.

무료로 치료해 줄 수 있는 환자가 늘어 가는 것은 기려에게 더할 수 없는 기쁨이었다.

그러나 유엔 민사 원조처에서 주는 약으로는 몰려드는 환자를 모두 감당할 수가 없었다.

직원들은 모여서 의논을 했다.

기려는 아무리 작은 일이라도 민주적인 방법으로 결정했다.

궁리를 하던 중 한 직원의 입에서 〈감사함〉을 설치하자는 의견이 나왔다.

"그건 우리 병원의 취지에 어긋나는 일이 아니오? 무료로 치료해 준다고 하고는 돈 받는 상자를 두는 것은 환자를 그냥 못 가게 하는 방법 같지 않소?"

환자가 병이 나은 것이 고맙다 해서 설치하는 감사함이 아니고 병원 측에서 두는 감사함은 어쩐지 부끄러운 일같이 여겨져 기려는 반대했다.

"원장님, 그러면 저 몰려드는 환자들을 약이 없다고 그냥 돌려

보내시렵니까? 환자 중에는 형편이 조금 나은 사람들도 있습니다. 그 사람들이 성의대로 치료비를 낸다면 가난한 환자들이 계속 무료로 치료받을 수 있습니다. 이 감사함 설치는 더 많은 환자를 돌볼 수 있는 방법입니다."

기려는 마음에 안 드는 일이었지만 어쩔 수가 없어 직원들의 뜻에 따르기로 했다.

〈감사함〉이 설치되자 병이 나은 것이 고마워도 표현할 길이 없었던 사람들의 반 이상이 돈을 넣고 갔다.

무료로 치료를 받은 환자 중에는 병원에 남아서 궂은일도 마다 않고 거들어 주는 사람도 있었고, 어떤 어머니는 아들을 낫게 해 준 보답으로 병원의 빨래를 도맡아 하기도 했다.

그리고 기려가 김일성 대학의 주임 교수로 있을 때 종교의 탄압에 못 이겨 월남했던 제자들이 찾아와서 도와주기도 했다.

더구나 적은 돈이지만 병원에 희사금을 보내 주는 독지가들이 생기고, 선교사로 와 있던 말스베리 목사는 교회를 통해 모은 돈을 병원 운영비로 보태 주었다.

이렇게 많은 사람들의 도움에도 불구하고 4년째로 접어든 병원의 운영은 더욱 어렵게 되었다.

직원들은 다시 모여 의논한 끝에 기려를 찾아왔다.

"원장님, 감사함만으로는 몰려드는 환자들을 도저히 감당할 수 없습니다. 차라리 환자 한 사람당 100환씩 치료비를 받으면 어떻겠습니까?"

총무를 맡은 전영창은 조심스럽게 입을 열었다.

그는 끝까지 무료로 진료해 주고 싶은 기려의 마음을 누구보다 잘 아는 사람이었다.

기려도 감사함이나 희사금만으로는 병원 운영이 어렵다는 것을 알고 어쩔 수 없이 허락했다.

"그렇게 하시오. 그러나 그마저도 없는 환자는 어떻게 할 생각이오?"

"예, 저희들이 알아서 처리하겠습니다."

기려는 이런 결정을 내린 일이 큰 잘못이기라도 한 듯 그날 밤늦도록 십자가 앞에 앉아 있었다.

1953년 7월 27일, 같은 민족끼리 총부리를 겨눴던 끔찍한 전쟁은 3년 동안이나 끌어오다 결국 종전이 아닌 휴전으로 막을 내렸다.

조국은 또다시 '휴전선'이라는 이름으로 허리가 잘려 두 동강이 나고 말았다.

휴전선 때문에 북쪽에 있는 가족을 만날 수 없음이 확실해지자 기려의 마음속에서는 새로운 길이 열리고 있었다.

6·25 전쟁이 일어나기 전 어느 일요일 오후, 아내에게 참사랑의 기쁨을 고백한 것처럼 마음으로 이어져 있는 사람에게는 휴전선이나 저 먼 하늘나라가 그리 큰 문제가 아니라는 생각이 들었다.

그러나 늙으신 부모님과 다섯 아이들을 돌보느라 고생하고 있을 아내의 모습이 눈에 선했다.

어느 날 기도 중에 문득 이런 응답이 들렸다.

'북한에 있는 가족을 위하는 길은 이곳에서 가난한 환자들을 열심히 돌보는 일이다. 그러면 나 대신 하나님께서 내 가족도 누군가를 통해 돌보게 할 것이다.'

이러한 믿음이 생기자 환자를 돌보는 일에 더욱 정성을 쏟았다.

휴전이 선언되자 부산으로 피난 왔던 정부 기관들과 대학들이 하나 둘씩 서울로 돌아갔다.

부산에 있는 동안 복음 병원의 내과를 맡아 주었던 전종휘 교수도 학교를 따라 서울로 가면서 말했다.

"선배님, 복음 병원이 이런 상태로 얼마나 더 가겠습니까? 같이 서울로 가서 강의에나 전념합시다."

기려는 그동안 전종휘 교수의 추천으로 서울의대 교수가 되어 강의해 오고 있었다.

그러나 기려는 복음 병원을 떠나고 싶지 않았다.

의사가 되어 가장 보람 있는 일을 한 3년이라는 세월을 저 천막 속에다 두고 기려는 떠날 수가 없었다.

기려는 전종휘 교수에게 조용히 말했다.

"전 박사, 나는 복음 병원을 끝까지 지키겠소. 대신 강의가 있는 날은 내가 서울로 올라가리다.”

기려는 그때부터 강의가 있는 날은 시간을 아끼기 위해 야간열차를 타고 서울과 부산을 오르내렸다.

나날이 새롭게 발전하는 서양 의학을 학생들에게 가르치는 일은 그 자신도 공부하는 좋은 기회였다.

환자 한 사람에게 100환씩 받아도 병원 운영이 여전히 어려운 것을 아는 말스베리 목사가 미군 원조 기관에 가서 항의를 했다.

“천주교 계통의 메리놀 병원은 원조해 주면서, 신교는 왜 원조해 주지 않습니까?”

“당신들도 병원이 있습니까?”

“있지요, 복음 병원이 있습니다.”

말스베리 목사는 자신 있게 대답했다.

그리고 천막 병원 이야기를 자세히 들려주었다.

“그럼 병원을 지을 수 있게 건축 자재를 원조해 준다면 노임은 당신들이 댈 수 있습니까?”

“예, 댈 수 있고말고요.”

말스베리 목사가 가지고 온 소식은 기려에게 희망과 새로운 고민을 함께 안겨 주었다.

건축 자재를 원조해 준다고 하지만 땅도 없고 건축할 노임도 없는 병원 실정이니 그럴 수밖에 없었다.

기려는 이런 사정을 말스베리 목사와 함께 교회에 호소해 보기로 했다.

교회 신자들은 복음 병원의 어려움을 알고 새 병원을 세울 땅을 사는 데 연보로 300만 환이나 되는 돈을 모았다.

땅을 살 돈이 마련되자 송도에 1만여 평의 대지를 샀고, 미군 원조 기관에서도 약속대로 새 학교와 병원(현재의 고신대 병원)을 지을 자재를 보내 주었다.

이렇게 땅과 건축 자재가 갖추어지자 말스베리 목사는 미국에서 모금한 3만 달러로 신학교부터 세운 다음 병원을 짓기 시작했다.

그러나 병원은 뼈대만 세워 놓은 채 노임을 댈 돈이 모자라 공사는 중단되고 말았다.

말스베리 목사는 노임을 댈 수 있다고 한 자신의 말을 책임지기 위해 다시 미국의 친구들에게 이곳 사정을 알리는 편지를 보냈다.

미국인들은 전쟁이 끝난 먼 한국 땅에 가서 선교 활동을 하고 있는 친구의 갸륵한 뜻을 이뤄 주기 위해 두 번째로 3만 달러를 보내 주었다.

1956년, 황무지였던 송도의 언덕 위엔 250평의 새 병원 건물이 준공되었다.

기려는 새 병원의 주춧돌 밑에 아무도 몰래 기도를 심었다.

사랑과 봉사로 가득 찼던 천막 병원에서 가난한 환자를 만났던 것처럼 새 병원에서도 처음 세운 뜻이 그대로 이뤄지기를 비는 간절한 기도였다.

천막의 복음 병원은 송도 언덕 위의 4층 건물로 발전되어 이사를 했다.

부산 송도 바다가 훤히 내려다보이는 전망 좋은 곳이었다.

그런데 새로 도입한 의료 시설로 진료하기엔 편리해졌으나, 이젠 천막에서 외국의 구호 약품과 기구로 진료할 때와는 달리 자립 운영을 해야 하는 어려움이 생겼다.

그래서 그동안 흰지 흰 사람에게 100환씩 받던 치료비로는 병원을 운영하기 어려워 어쩔 수 없이 또 새로운 방침을 세워야 했다.

송도로 이사 온 후로는 병원이 새로 지어질 때부터 관계해 온 교회 측에서 관리를 맡고 있었다.

병원 측은 치료비를 낼 수 있는 사람에게는 받고 없는 사람에게는 무료로 치료해 준다는 새 방침을 세웠으나, 병원 운영상 웬

만한 환자에게는 치료비를 받지 않을 수가 없었다.

그러나 장기려가 있는 곳이면 무료가 통한다는 생각으로 오는 사람들이 많았다. 그들이 새 방침을 알고는 원장실을 찾아와 사정사정하니 기려의 주머니가 비어 있는 날이 많았다.

"원장님이 계시는 병원은 다 무료가 아닌교?"

그는 치료비를 대신 내어 주면서도 끝까지 무료 병원을 지킬 수 없음을 한없이 미안해 했다.

병원이 더 커지면서 돌보아야 할 환자가 늘어나자 기려는 그동안 오르내리며 강의를 맡았던 서울대 의과대학을 그만두었다.

그 대신 부산대 의과대학에 외과를 새로 만들어 강의를 맡았다.

맵고 짠 음식을 좋아하는 식성 때문인지 우리나라에는 간이 나쁜 환자가 많았다.

평양 기독병원 시절에 간암을 수술하여 최초로 성공한 예가 있는 기려는 부산의대 외과 팀과 간에 대한 연구를 하고 있었다.

1958년, 대한 외과학회 총회 때 기려가 그동안의 연구 결과를 간단히 보고하였더니 학회에서는 〈간 외과에 관한 연구〉라는 숙제를 주며 연구 발표하라고 했다.

그러나 실험비가 너무 많이 드는 숙제라서 엄두도 못 내고 있던 참에, 우연한 일로 연구비를 내겠다는 독지가가 나타났다.

'부산비닐'이란 회사의 전무가 교통사고를 당해 의식불명이 되었는데 14일 만에 완치시켜 준 일이 있었다.

회사의 전무를 살려 준 것을 고마워한 사장은 기려와 그를 도운 의사들을 찾아왔다.

"박사님, 저희 회사의 전무를 살려 주셔서 정말 고맙습니다. 그동안 수고하신 여러분들께 고마움의 표시로 양복을 한 벌씩 선사하고 싶으니 약소하나마 받아 주십시오."

사장은 기려의 허름한 양복이 마음에 걸렸던 모양이다.

"환자가 완쾌되었으니 그것으로 만족합니다. 그러니 성의는 고맙습니다만 사양하겠습니다."

그러나 사장은 어떻게 해서라도 고마움을 표시하고 싶어 그 후에도 자주 기려에게 들렀다.

"박사님, 제가 힘이 될 만한 일이 없습니까?"

"도울 것이야 많지요."

기려의 얼굴에 반가운 표정이 지나가는 것을 사장은 놓치지 않았다.

"그게 무엇입니까? 박사님."

"돈이 꽤 드는 일이라서요. 사실 우리 연구팀이 〈간 외과에 관한 연구〉라는 숙제를 맡았는데 연구비가 없어 머리를 앓고 있답니다."

"아, 그렇습니까? 그럼 제가 그 연구비를 대어 드리고 싶습니다."

"정말이오? 연구비가 100만 환 정도나 드는데……."

"예, 대어 드리고말고요."

양재원 사장은 고마움을 갚을 길이 생기자 당장 100만 환을 기려에게 갖다 주었다.

1959년 2월 24일, 기려의 연구팀은 양 사장의 희사금으로 연구를 거듭한 결과 간의 대량 절제 수술에 성공하였고, 같은 방법으로 4예를 추가하게 되었다.

1960년 가을, 대한 의학회 학술대회에 이를 보고했다.

그 당시 장기려가 이끄는 간 연구팀만큼 간에 대해 체계적으로 연구하는 팀이 없었기 때문에 우리 의학계에 큰 공헌을 한 셈이었다.

1961년, 대한 의학회에서는 장기려의 간 대량 절제 수술 성공에 대한 공로를 인정하여 대통령상을 주었다.

기려는 이 상의 공을 그동안 같이 수고한 간 연구팀에게 돌렸으며, 상금도 의과대학의 새 기구를 사는 데 전부 내놓았다.

한편 양재원 사장은 자기가 낸 돈이 이처럼 좋은 일에 쓰임을 알고, 그 후에도 무엇이든지 도우려고 애를 많이 썼다.

휴전이 된 지 몇 년이 지나서도 부산에는 행려병자들이 많았다.

병이 났지만 아무도 돌보는 이가 없는 피난민들이 창고 속에 아무렇게나 수용되어 있는가 하면 전쟁으로 부모 형제를 잃고 정신을 놓아 버린 사람들이 거리를 떠돌아다니고 있었다.

그러나 전쟁의 상처로 마음까지 말라 버린 사람들은 이런 광경을 눈여겨보지 않았다.

어느 날 아침, 기려는 출근길에 한 창고 앞을 지나치다 끙끙 앓는 소리를 듣고 발걸음을 멈추었다.

무거운 창고문을 열고 보니 그 안에는 버려진 사람들이 짐승처럼 수용되어 있었다.

기려는 언젠가부터 버려진 사람들을 보면 그 속에서 북에 두고 온 가족의 모습을 떠올리는 버릇이 있었다.

'이 사람들도 전쟁이 나기 전에는 그들의 고향에서 가족들과 같이 행복하게 살았을 텐데, 그 끔찍한 전쟁이…….'

기려는 그들을 창고 안에 그대로 둘 수가 없어 대학에 강의하러 가던 발걸음을 복음 병원으로 옮겼다.

급히 병원으로 달려온 기려는 젊은 의사 몇 명을 부산의대 뒤쪽에 있는 창고로 보냈다.

"그래, 그 사람들을 어떻게 하면 좋겠소?"

행려병자를 보고 돌아온 젊은 의사들에게 이렇게 물었다. 젊은 의사들은 기려의 뜻을 이미 이해하고 있었다.

다음에는 간호사들을 그곳에 가 보게 했다.

"보았지요? 그 사람들을 어떻게 하면 좋겠소?"

"원장님, 당장 데려와야겠어요. 저렇게 두다간 모두 죽고 말겠어요."

간호사들의 동정 어린 목소리가 원장 장기려에게는 그렇게 고마울 수가 없었다.

마지막으로 그곳에 가 보고 온 사람들은 간호 보조원들이었다.

직접 환자의 몸을 닦아 주고 옷도 갈아입혀 주기 때문에 그들의 결정이 무엇보다 중요했다.

"원장님, 왜 이제야 저희들을 가 보게 하셨어요? 지금 당장 안 데려오면 다 죽고 말 거예요."

이렇게 마음이 일치되어서 데리고 온 행려병자들을 모두 정성껏 치료하고 돌보았다.

그러나 오랫동안 돌보지 않아서 그들의 병은 너무 깊었다. 4명은 금방 죽고, 2명은 얼마 후에 죽었으며, 겨우 2명만이 완치되

었다.

이 일이 소문 나자 부산시에서는 부랴부랴 전염병동으로 쓰던 건물을 새로 시설하여 행려병자 수용소로 만들었다. 그리고 부산 대학병원 의사들에게 돌보아 달라고 요청했다.

그 공로로 1960년 4월 7일, 보건의 날에 부산시에서 기려에게 시장상을 주었다.

그 외에도 착한 시민상이며 몇 개의 상이 기려에게 주어졌지만 정작 기려는 시상식에는 한 번도 나가지 않았다.

'오른손이 한 일을 왼손이 모르게 하라.'

예수님의 말씀대로 기려는 의사로서 할 일만 했을 뿐, 이런 상을 받으러 다닌다는 것은 부끄러운 일이라고 느꼈기 때문이었다.

의료보험의 귀한 씨앗

봄볕이 포근히 내리는 일요일 오후였다.

기려는 천막 병원에서 새 병원으로 이사 올 때 가져온 나무 수술대를 바라보고 있었다.

지금은 새 수술대에 자리를 내어 주고 화분 받침대로 쓰이고 있지만, 천막 병원에서 무료로 진료하던 때의 기억이 새겨진 것이라 기려에게는 무척 소중한 것이었다.

새 병원에서 〈부산 모임〉을 가지는 날이었다. 여느 날과 달리 병원에서 이 모임을 하자고 제의한 것은 청년 채규철이었다.

기려는 1956년에 부산대학에서 성경 공부를 하기 위해 이 〈부산 모임〉을 만들었다.

모인 지 10년이 훨씬 지난 이날도 여느 때와 같이 성경 공부를 끝내고 회원들끼리 이야기를 나누고 있었다.

"원장님, 이렇게 모여서 성경 공부를 하는 것도 좋지만 사회인들에게 유익한 일을 한번 해 보는 것이 어떻겠습니까?"

이런 제안을 불쑥 내놓은 청년은 덴마크에서 유학하고 돌아온 채규철이었다.

"좋지요. 그런데 사회인들에게 유익한 일이란 게 어떤 것이오?"

기려는 사회에 유익한 일이라고 하는 그의 제안이 무척 궁금했다.

"예, 제가 덴마크 유학 시절에 병이 나서 병원에 입원한 적이 있습니다. 병원 시설이나 친절한 서비스로 보아 치료비가 꽤 나오리라고 은근히 걱정을 하였습니다. 저는 가난한 유학생이었거든요. 그런데 퇴원하는 날 치료비를 물었더니 뜻밖에도 무료라며 그냥 가라는 것이었습니다. 저는 왜 무료인지 얼른 이해되지 않아 다시 물었지요. 직원은 역시 무료라고 말했습니다. 그래서 퇴원하고 알아보았더니, 덴마크 같은 복지 국가에서는 벌써부터 의료 보험 제도를 실시하고 있었습니다. 저는 그때 크게 깨달았습니다. 이것이야말로 저소득층이 많아 의료비 부담이 큰 우리나라에 꼭 필요한 제도라고요. 원장님, 우리도 의료보험 제도를 만들어 가난한 사람들이 마음 놓고 치료 받을 수 있도록 연구해 보았으면 합니다."

채규철의 긴 이야기를 조용히 듣고 있던 기려는 크게 고개를 끄덕였다. 병원에서 모임을 갖자고 한 이유가 바로 여기에 있었던 것이다.

"참 귀한 생각이오. 사실은 나도 복음 병원 초창기에 '감사함'이란 것을 마련하여 돈 있는 환자가 내고 가는 치료비로 가난한 사람들을 무료로 치료해 준 경험이 있습니다. 그리고 의사 몇이서 얼마씩 내어 '부산 기독 의사회'를 만들어 무료로 치료해 준 경험도 있지만 결국 힘이 모자라 뜻을 이루지 못하고 말았답니다."

여기까지 말한 기려는 나무 수술대 위에 핀 꽃들을 잠시 바라보다가 다시 말했다.

"어떠십니까? 이 귀한 생각을 이야기로만 끝내지 말고 여기 모인 우리들이 한번 실천해 보면 어떻겠습니까?"

"박사님, 우리나라는 아직 보험에 대한 인식이 낮은데 좀 힘들지 않겠습니까?"

걱정하는 목소리도 있었다.

"우리에겐 하나님이 계십니다. 우리가 좋은 일을 하면 그분은 언제나 책임져 주십니다. 하나님을 믿고 시작해 봅시다."

이렇게 하여 모인 회원들은 선진국의 의료보험 제도와 우리나라의 호남 비료 등 기업체에서 부분적으로 실시하고 있는 의료보험에 대해서 자세히 검토해 보았다.

그리하여 1968년 5월, 우리나라에서 처음으로 〈청십자 의료보험조합〉이 조합원 700여 명을 중심으로 정식 발족되었다.

부산의 각 교회를 통하여 의료보험조합의 필요성을 설명했더니 그 뜻을 이해하고 따라 준 사람들 덕분이었다.

한 사람당 월 회비는 60원, 담배 한 갑의 값이 100원 하던 시절이었다.

조합원들의 치료는 복음 병원에서 맡아 주었다.

처음엔 의료보험의 뜻을 잘 이해하지 못한 사람들이 이렇게 빈정거리기도 했다.

"내 평생 병원 문 앞에도 안 가 본 사람이지만 60원으로 병을 고치겠다는 것은 말도 안 돼. 두고 보게, 몇 달 못 갈 테니……."

사실 월 회비 60원으로는 조합 운영이 적자였지만 복음 병원에서 그것을 감당해 주기 때문에 버티어 나갈 수 있는 것이었다.

이런 어려움 속에서도 의료보험조합이 생긴 후 기려는 큰 기쁨을 맛보았다.

어느 조합원 한 가족이 건강 진단을 받은 일이 있었는데 모두 건강하다는 결과가 나왔을 때였다.

"지금까지 내게 세 가지의 기쁨을 꼽으라면 첫째는 8·15 광복입니다. 둘째는 남쪽에 내려와서 대통령 선거에 투표를 해 주권을 처음 행사한 일입니다. 그리고 세 번째 기쁨이 바로 우리 청십사 조합원 한 가족이 모두 건강하다는 진단이 나온 것입니다. 의료보험 초창기에 그 가족이 보험 제도를 잘 이해하여 준 것이 얼마나 고마웠는지 모릅니다."

그러나 이 조합이 정상적으로 운영되는 데에는 5년이나 걸렸다.

조합 직원들도 5년간이나 회비만 낼 뿐 의료보험 혜택은 다른 조합원들에게 조금이라도 더 가게 양보를 했다.

어떤 환자는 조합의 규칙을 잘못 이해하여 이런 비난을 하기도 했다.

"장기려, 남의 돈을 떼어 먹으려거든 좀 크게 먹지. 쩨쩨하게 60원이 뭐란 말이야."

조합원들은 처음에 월 회비를 내고도 병에 안 걸려 의료 혜택을 받지 못하자 어쩐지 손해 보는 것 같다고 생각했다.

그러나 해를 거듭함에 따라 자기가 낸 회비로 자신의 건강을 지킬 수 있다는 기쁨에 남을 돕는다는 기쁨까지 얻어 의료보험의 참뜻을 깨달아 갔다.

그동안 적자로 운영되어 오던 조합은 스웨덴 아동 복지 재단과 부산시에서 많은 수의 조합원을 가입시켜 주어 처음으로 흑자를 낼 수 있었다.

또한 정부에서도 보험에 가입한 사람에게는 177원의 보조금까지 지급해 조합은 완전히 자립할 수 있게 되었다.

이렇게 하여 청십자 의료보험조합이 흑자로 운영되자 이에 용기가 더해진 직원들 사이에서는 그동안 복음 병원의 신세를 많이 졌으니 이젠 우리 스스로의 병원을 개설하자는 의견이 나왔다.

그 뜻을 받아들인 독지가들의 성금으로 청십자 의료보험 자체 병원을 가지게 되었다.

〈청십자 의원〉이었다.

1975년 8월, 순전히 우리나라 사람들의 성금으로 이루어진 이 청십자 의원은 기려에게 더 의미가 깊었다.

외국인들의 원조 없이 세워졌다는 것이 자랑스러웠던 것이다.

어느 날, 복음 병원에서 회진을 하던 기려는 며칠 전 퇴원을 해도 좋다고 지시한 환자가 그대로 있는 것을 보았다.

"아니, 당신 아직 퇴원 안 하고 뭘 하오? 수술 경과도 썩 좋았는데……."

환자는 기려를 보자 머뭇거리다가 말했다.

"서무과에서 퇴원을 못한다고 합니다. 모자라는 입원비를 가져올 때까지 신분증을 보관하겠다고 가져갔습니다."

"뭐라고요?"

회진하던 걸음을 서무과로 돌린 기려는 벼락같은 고함을 질렀다.

"여기가 병원이지 세무서냐?"

화가 난 기려는 서무실의 책상을 엎어 버렸다.

언제나 온화하고 인자한 원장이 이처럼 화를 내는 모습을 직원들은 처음 보았다.

엎어진 서랍 속에서 모자라는 입원비 대신 받아 둔 반지나 시계, 목걸이 등이 튀어 나왔다.

기려는 그것을 보자 걸상에 털썩 주저앉고 말았다.

무료 천막 병원에서부터 시작한 복음 병원이 이렇게 변해 있었다니…….

기려가 환자를 돌보는 일에만 열중해 있는 동안 병원은 무료의 뜻과는 점점 멀어지고 있었던 것이다.

그 사건 이후로 기려의 마음은 복음 병원에서 조금씩 멀어져 갔다.

무료 진료가 통하지 않는 곳에서는 그의 마음도 머물 수가 없었다.

기려는 25년 동안 지켜 온 원장 자리를 제자에게 물려주기로 결심했다.

새로 설립된 청십자 의원에서 천막 병원 시절의 꿈을 다시 되살리고 싶었기 때문이었다.

1976년 6월 25일, 복음 병원에서는 떠나는 기려에게 정년 퇴임식을 마련해 주었고 그동안의 공로를 기리어 종신 명예원장으로 추대했다.

이제 머리가 희끗희끗해진 기려는 그를 기다리고 있는 청십자 의원의 원장이 되었다. 기려는 그동안 무료로 돌보지 못한 환자들을 위해 자선에 가깝게 병원을 꾸려 갔다.

"원장님, 가진 돈이 이것밖에 없습니다."

환자가 찾아와서 이렇게 사정하면,

"할 수 없지요. 있는 대로 내고 퇴원하십시오."

하고 퇴원시켜 주었다.

그런데 환자 중에는 돈이 있으면서도 없다고 하는 사람이 더러 있었다.

손에 다이아몬드 반지를 끼고 와서 그렇게 사정을 해도 기려는 그의 말을 믿어 주었다.

옆에서 보는 직원들은 속고 있는 원장이 너무도 답답했다.

"원장님, 그 환자가 정말 돈이 없는 환자인 줄 아세요? 손에 다이아몬드 반지를 낀 걸 못 보셨어요?"

"보았지, 그러나 그가 지금 돈이 없다고 하면 그대로 믿어야지."

직원들은 한숨을 내쉬었다.

"나는 속여도 하나님은 못 속이지. 안 그런가? 그런 한두 사람 때문에 정말 돈 없는 환자들까지 의심하게 되면 큰일 아닌가?"

돈이 없는 많은 환자들의 사정을 보아주기 위해서 한두 사람의 거짓 사정까지도 믿어 주는 장기려였다.

경남 거창에 살고 있는 한 가난한 농부는 입원비가 밀려 퇴원할 수가 없었다.

생각다 못해 그는 기려를 찾아가 하소연했다.

"모자라는 돈은 벌어서 갚겠다고 해도 서무과에서 믿지 않습니다."

환자의 사정을 들어 본 기려는 한 가지 묘안을 알려 주었다.

"그냥 살짝 도망쳐 나가시오. 내가 밤에 문을 열어 줄 테니."

마치 남의 병원에 와서 큰 인심이나 쓰는 듯한 원장의 말이었다.

농부는 원장의 이 말에 깜짝 놀라 더듬거렸다.

"그렇지만 어찌 그, 그럴 수가……."

"할 수 없는 일 아닌가? 낼 돈은 없고, 병원 방침은 통하지 않고……, 당신이 집에 빨리 가서 일을 해야 가족들이 살 것 아니오?"

농부는 기려의 말에 눈물을 흘리며 고마워했다.

그날 밤 기려는 서무과 직원들이 모두 퇴근하고 난 뒤, 병원의 뒷문을 살그머니 열어 놓았다.

밤이 이슥해지자 이불 보퉁이를 든 가족과 환자가 머뭇거리며 나타났다.

어둠 속에서 기려가 가만히 농부의 거친 손을 잡았다.

"얼마 안 되지만 차비요. 가서 열심히 사시오."

그의 가족은 가슴이 막혀서 말이 나오지 않았다.

다음날 아침이었다.

"원장님, 106호 환자가 간밤에 도망쳤습니다."

간호사의 말을 듣고 서무과 직원이 원장실로 뛰어와서 보고했다.

"내가 도망치라고 문을 열어 주었소."

기려는 겸연쩍은 듯 웃으며 말했다.

"옛! 원장님이요?"

"다 나은 환자를 병원에 붙들고 있으면 그 가족들은 어떻게 살겠소? 빨리 가서 농사를 지어야 가족들 고생도 덜지. 지금이 한창 농번기인데……."

서무과 직원은 어이없다는 얼굴로 원장실을 나왔다.

그러나 그의 얼굴에는 들어올 때와는 달리 웃음이 번져 있었다.

여느 병원보다 월급이 적은데도 직원들이 기쁘게 일하는 이유가 바로 여기에 있었다.

청십자 의원의 직원들은 장기려와 같이 사랑에 바탕을 둔 일을 한다는 긍지로 가득 차 있었기 때문이었다.

기려가 이와 같은 뜻을 가지고 병원을 운영하고 있었기 때문에 많은 독지가들이 도우려고 찾아왔다.

독지가들 중에는 기려에게 어려운 수술을 받고 살아난 사람도 있었고, 그의 거룩한 뜻에 힘이 되고자 하는 사람도 있었다.

이렇게 기쁜 마음으로 내는 성금은 청십자 의원이 더 큰 건물로 이사하여 최신형 의료 기구까지 갖추도록 해 주었다.

바보 원장님

뉴욕에서 열리는 국제 외과학회 세미나에 장기려가 참석하게 되었다.

이것을 안 제자들이 모여서 의논을 했다.

제자들이란 기려가 김일성대학의 교수 시절, 종교 탄압 때문에 몰래 남쪽으로 내려온 사람들이었다.

"우리 돈을 얼마씩 모아서 이 기회에 선생님께 세계일주 여행을 시켜 드립시다. 우리를 낳은 부모님은 북에 계시지만, 여기서 마음의 부모님을 선생님으로 모시고 살지 않습니까?"

"정말 훌륭한 생각입니다."

천막 병원까지 찾아와서 어려운 일을 도와주던 제자들이 뜻을 모아서 세계일주 여행비를 마련해 주었다.

복음 병원에서도 2천 달러를 여비로 내어 놓았다.

외과학회 세미나를 마치고 미국의 어느 정신병원 원장집에서 나흘을 묵고 떠나는 날 아침이었다.

기려보다 키가 큰 열여섯 살 된 그 집 딸아이는 떠나는 기려의 뺨에 입맞춤을 해 주었다. 기려로서는 생전 처음 받는 여자의 입맞춤이었다.

기려의 뺨에 난 입술 자국을 보고는 원장 부부가 좋아하며 웃었다.

'서양 사람들은 헤어질 때 뺨에다 입맞춤하는 것을 무척 좋아하는구나.'

한 가지 새로운 사실을 알아낸 기려는 그것을 잊지 않으려고 마음에 새겼다. 그러고는 여행 중에 이것을 한번 써먹으려고 누군가와 헤어질 기회를 기다리곤 했다.

미국의 콜럼버스대학에서 한국인 마취 여의사를 만나게 되었다.

그 여의사는 의사로서 기려에게 존경의 마음을 지니고 있었기 때문에 친절하게 병원을 안내해 주며 한국과 미국 병원의 차이점을 이야기해 주었다.

하필이면 그 여의사와 사람이 많이 다니는 대로상에서 헤어지게 되었다.

기려는 여의사의 친절에 입맞춤으로 고마움을 표시하고 싶었다.

사람들이 많은 곳이라서 조금 망설이다가 용기를 내어 여의사의 뺨에 입맞춤을 해 주었다.

여의사보다 키가 작은 기려가 발돋움까지 하여 입맞춤을 해 주자 여의사는 뜻밖이라는 듯 눈이 휘둥그레졌다.

입맞춤 인사를 할 기회만 생각하고 있었던 기려는 그 여의사가 한국인임을 잠깐 잊어버린 것이었다.

그러나 기려가 무안해 할까 봐 여의사는 곧 부드럽게 웃으며 입맞춤을 받아 주었다.

로마의 YMCA에서 5일 동안 묵고 떠날 때였다.

그동안 친절하게 해 준 청소부 아주머니도 기쁘게 해 주고 싶었다. 그래서 다가갔더니 청소부 아주머니는 비를 든 채 놀라 달아나며 외쳤다.

"노!"

기려는 청소부의 놀란 두 눈을 보자 무안하기도 하고 놀랍기도 했다.

서양 사람들이라고 해서 모두 입맞춤해 주는 것을 좋아하지는 않았다. 입맞춤은 서로 마음이 통하는 경우에만 허락되는 인사 표시라는 것을 알게 되었다.

그러나 기려는 어떻게든 청소부 아주머니에게 고마움을 표시하고 싶어서 50센트를 주었다.

"땡큐, 땡큐."

그것은 기쁘게 받아 주자 기려는 서양의 인사법이 여러 가지구나 하고 생각했다.

미국과 유럽의 여러 나라를 여행하면서 기려는 큰 병원을 찾아가 수술견학을 시켜 달라고 부탁했다.

간혹 거절하는 병원도 있었지만 대부분의 병원은 여행 중에도 의사임을 잊지 않는 동양 의사를 친절히 맞아 주었다.

기려는 이 병원 저 병원에서 수술하는 장면을 보고 우리나라 외과 의사들의 기술이 결코 선진국에 뒤지지 않는다는 사실을 깨달았다.

여행을 하면서 외화를 쓰는 것이 아까워 주로 걸어 다녔더니 미국에서 27달러를 주고 산 구두가 영국, 프랑스를 거쳐 독일에 왔을 때는 바닥에 구멍이 나고 말았다.

'자동차로 생활을 많이 하는 미국 사람들은 구두를 튼튼하게 만들지 않는구나.'

미국 구두가 약한 것을 자동차 문화가 발달한 것으로 돌리고는 독일에서 2달러에 해당하는 돈을 주고 초등학생용 구두를 사 신었다.

독일 구두는 스위스, 이탈리아, 이집트, 그리스, 타이, 홍콩을 거쳐 우리나라에 돌아오고도 1년이 넘도록 신었다.

'독일은 모든 물건을 실용성에 두고 만드는 나라구나.'

두 켤레의 구두는 그 나라의 절약하는 정신의 차이라고 생각했다.

인도의 뉴델리에서였다.

기려가 커다란 트렁크를 들고 가는 것을 본 한 노인이 다가오더니 같이 들어 주겠다고 했다.

기려는 고마워서 트렁크를 들어다 주고 가는 노인에게 약간의 돈을 내밀었다.

로마에서 청소부 아주머니가 입맞춤은 거절해도 돈은 기쁘게 받았던 것이 생각나서였다.

그런데 노인은 돈을 보아도 그렇게 기뻐하지 않아 이상했다.

더 이상한 것은 노인이 돈을 거절하지도 않는 점이었다.

어정쩡한 기분으로 기려는 돈을 든 채 노인을 따라 길모퉁이까지 갔다.

노인은 길모퉁이를 돌고 나서야 주위를 둘러보고 아무도 보는 사람이 없는 것을 확인한 후에야 손을 내밀었다.

기려는 노인의 때가 낀 손바닥 위에 돈을 올려놓았다.

노인은 자기 손바닥 위의 돈을 보자 지금까지 다물고 있던 입을 크게 벌리고 만족한 듯 웃었다.

돈을 받고 돌아가는 노인의 뒷모습을 바라보며 돈을 받는 방식이 동양인과 서양인이 크게 다르다는 것을 알았다.

동양 사람들은 체면 때문에 아무데서나 돈을 받지 않았다.

세계일주 여행을 끝내고 돌아온 기려는 몰라볼 만큼 야위어 있었다.

45일 동안 싸구려 빵 같은 것으로 끼니를 때우고, 교통비를 아끼느라 걸어 다녔기 때문이었다.

돌아온 기려는 복음 병원에서 여행비로 보태 준 2천 달러를 고스란히 내놓았다.

"아니, 원장님. 이 돈을 한 푼도 쓰지 않으셨군요?"

"당신들 모두 수고하고 있는데 원장인 내가 놀러 다니면서 어떻게 이 돈을 써요?"

어느 날 기려는 외출하기 위해 병원을 나섰다.

날씨가 따뜻해지자 남루한 옷을 입은 거지들이 여느 때보다 더

많이 눈에 띄었다.

나이 많은 한 노인이 기려의 옷자락을 붙들었다.

"신사 양반, 한 푼만 보태 주시오."

"그러지요."

기려는 늙은 거지의 시커먼 손이 그의 옷자락을 잡고 있는 것에는 아랑곳하지 않고 여기저기 주머니마다 손을 넣어 돈을 찾았다.

"아차! 미처 돈을 준비하지 못했습니다."

늘 두세 명의 거지에게 붙들리는 기려는 오늘따라 돈을 준비하지 않고 나온 것을 후회했다.

거지 노인은 아주 실망하여 잡고 있던 옷자락을 뿌리치듯 놓았다.

"죄송합니다, 어르신."

몇 걸음 옮기던 기려는 다시 돌아섰다.

"어르신, 잠깐만 거기 계십시오."

벌써 저만큼 걸어가던 거지 노인은 희망이 넘치는 얼굴로 다시 다가왔다. 기려는 양복 안주머니에서 어디선가 수표 한 장을 받아 넣어 둔 것을 찾아낸 것이었다.

기려가 내민 수표를 보고 거지 노인의 얼굴이 다시 실망으로 그늘졌다.

"이 종이 나부랭이가 돈이란 말이오?"

화까지 내며 다시 돌아서려는 거지 노인을 기려는 붙들었다.

"이것은 수표라는 것입니다. 이 종이를 가지고 은행에 가면 돈으로 바꾸어 줄 것입니다."

수표가 있다는 말만 들었지 처음 보는 거지 노인의 눈이 놀라움으로 휘둥그레졌다.

기려는 마침 수표라도 있었기 망정이지 정말 큰일 날 뻔했다는 듯 가볍게 발걸음을 돌렸다.

며칠 후 병원 원장실로 전화가 왔다.

"장기려 원장님을 부탁합니다."

"어디십니까? 제가 장기려입니다만."

"○○은행입니다."

"은행에서 제게 무슨 볼일이 있습니까?"

"박사님, 수표를 잃어버리신 일이 있으신지요?"

"그런 일은 없습니다."

"웬 거지 노인이 박사님의 사인이 든 수표를 가지고 왔습니다."

"아! 그것 말이군."

기려는 그제서야 며칠 전 거지에게 준 수표가 생각났다.

"그 수표 내가 준 것이니 그리 알고 돈을 지불하시오."

기려는 거지 노인이 일러 준 대로 은행에 찾아간 것이 고마웠다.

"박사님, 박사님께서 어려운 사람들을 도우신다는 이야기는 들었습니다만 이런 수표까지 거지에게 주시다니요?"

은행원은 믿을 수 없다는 듯한 말을 남기고 전화를 끊었다.

거지에게 준 수표 한 장. 그 수표가 얼마짜리인지는 수표를 준 기려와 그것을 받은 거지, 돈을 지불한 은행원, 그리고 또 한 분 하나님만 아시는 일이었다.

기려는 담석증으로 고생하는 도지사를 수술하여 낫게 해 준 적이 있었다.

건강한 몸이 된 도지사가 그 고마움을 전하기 위해 병원으로 오겠다는 연락이 왔다.

전화를 받은 직원은 당황해서 원장실로 달려왔다.

"아니, 도지사가 온다는데 당신이 왜 그리 쩔쩔매고 야단이오?"

기려는 직원의 당황해 하는 모습을 의아한 눈으로 바라보았다.

"원장님, 도지사가 오시는 때가 하필이면 점심시간입니다."

"그래요? 그러면 같이 점심 먹으면 됐지 뭐가 문제입니까?"

"점심 준비를 하려면 시간이 걸리지 않습니까? 수행원들도 몇 명 같이 온다고 합니다."

"오늘 우리들 점심이 무엇이오?"

"라면입니다, 라면."

"라면? 그러면 됐소. 우리가 먹는 대로 손님을 대접하는 것이 가장 잘 대접하는 것이오. 괜히 애써 마련하면 그들이 오히려 부담을 느껴요."

"그렇지만 어떻게 손님에게 라면을……."

"괜찮아요. 오는 사람들 수만큼 라면이나 더 끓이라고 미리 일러 두시오."

그날 도지사를 비롯한 수행원들은 기려와 함께 긴 식탁에 앉아서 라면 한 그릇씩 맛있게 먹고 돌아갔다.

도지사는 돌아와서 그날의 점심시간을 두고두고 잊을 수가 없다고 이야기했다.

유명한 의사가 점심으로 드는 라면이며, 도지사가 온다면 잘 대접해 주려고 애쓰는 것이 보통인데 지위를 보지 않고 사람 그대로를 대접해 준 기려의 인품에 그는 감동하였던 것이다.

기려는 지나치게 잘 먹는 것은 죄가 된다고 생각했다.

한 사람이 잘 먹는 한 끼의 식사로 몇 사람이 굶지 않을 수 있다는 생각으로 살고 있기 때문에 특별한 사람을 위해 마련하는 식사는 용납하지 않았다.

음력 섣달 그믐이 가까워 오면 가난한 사람들은 설빔을 마련하지 못해 우울해진다.

원장의 사택은 초라해 보였지만 가난한 사람들은 그 안에 굉장히 값진 것들이 많을 것이라고 생각했다.

가진 것을 남에게 곧잘 나누어 준다는 것은 이 어려운 시절에 여간한 부자가 아니면 힘든 일이라고 여겼기 때문이었다.

어느 날 밤 기려의 사택에 도둑이 들었다.

그 당시 기려는 과로로 심장병이 악화되고 있었다.

혼자 사는 기려에게 밤중에 혹시 좋지 않은 일이 생길까 걱정되어 제자 한 사람이 늘 같이 자고 있었다.

도둑은 주인이 깊이 잠든 사택을 샅샅이 뒤지고는 허탈해져 버렸다.

마음먹고 들어왔는데 변변한 가구가 있나, 돈이 될 물건이 있나, 돈이 있나……, 그 유명한 병원장이 이렇게 살고 있는 것이 신기했다.

도둑은 그냥 나가려다 말고 미처 뒤져 보지 않은 서랍장을 열어 보았다.

서랍장 속에는 무엇인지 보자기에 싼 것이 있었다.

대강 헤치고 보니 새로 지은 한복 한 벌이 싸여 있었다.

'제기랄, 이거라도 들고 가자.'

도둑은 주섬주섬 한복을 싸 들고 사택을 빠져나갔다.

아침에 눈을 뜬 제자가 밤새 도둑이 뒤지고 간 흔적을 먼저 발견했다.

"선생님, 도둑이 왔다 갔습니다."

그러나 기려는 누운 채로,

"아마 그 양반 괜히 헛수고만 하고 빈손으로 갔을 게야."

태연하게 말하는 것이 마치 남의 일을 이야기하듯 했다.

도둑이 흩어 놓은 물건들을 대강 정리하느라고 제자는 화가 머리끝까지 나 있었다.

"이놈의 도둑, 잡히기만 해 봐라!"

"얘, 오죽 갈 곳이 없었으면 우리 집에 들었을까."

여전히 남의 일처럼 말하는 기려를 향해 제자는 갑자기 소리쳤다.

"선생님, 이거 김 선배가 지어 보낸 그 한복 끈이 아닙니까? 여기 떨어져……."

그리고는 부리나케 한복을 받아 넣어 둔 서랍장을 열어 보았다.

한복을 싼 보따리가 보이지 않았다.

며칠 전 기려의 제자 한 사람이 설날 세배를 받을 때 꼭 입으라고 지어 보낸 한복이었다.

"세상에, 하필이면 그 한복을……, 이놈의 도둑을!"

여태까지 남의 일처럼 태연하게 듣고 있던 기려가 벌떡 일어나
며 외쳤다.

"이 한복 끈을 그 사람에게 얼른 갖다 주어라. 끈이 없으면 한복
을 어떻게 입겠냐?"

"예? 끈을 갖다 주라고요? 선생님, 내 그놈 있는 곳을 알면 당장
가서 잡아다가 경찰에 넘기지 끈을 주고 오겠어요?"

그제서야 기려는 도둑이 어디 사는지 알 수 없다는 것을 알고
'허허' 웃고 말았다.

설날이었다.

제자는 옷을 단정하게 입고 기려의 방에 들어왔다.

"선생님, 세배 받으십시오."

기려는 한복을 도둑맞았기 때문에 양복 차림으로 절을 받았다.

"애, 올해는 날 좀 닮아 보아."

기려는 총명한 제자가 욕심이 많은 것이 마음에 걸렸던 것이다.

"선생님 닮으면 바보 되게요?"

때때로 응석도 잘 부리는 제자는 또 제자대로 기려의 너무 욕
심 없음이 못마땅했다.

스승의 검소함이 너무 지나치다 보니 같이 생활하는 데 불편한 점이 한두 가지가 아니었던 것이다.

그 말에 기려는 크게 웃으며 말했다.

"그렇지, 바보 소리 들으면 성공한 거야. 너, 바보로 살기가 얼마나 어려운 줄 아니?"

그날 이후로 제자는 욕심이 커지려고 할 때마다 스승의 이 말이 귓가에 맴돌았다.

밤 예배를 마치고 돌아오는 길이었다.

유난히도 드센 부산의 겨울바람이 거리를 휩쓸고 다니는 날이었다.

"얘, 날 좀 따라가자꾸나."

기려는 제자를 데리고 야시장으로 갔다.

추운 날씨라 일찌감치 가게 문을 닫으려는 사람들이 눈에 많이 띄었다.

"선생님, 뭘 사시렵니까?"

"그래, 202호실 환자 회진할 때 보니 내복이 아주 해졌어. 오늘 기도 중에 갑자기 그 환자 내복 생각이 난 것은 하나님이 내게 시키시는 일 아니겠니?"

가게 문을 닫으려던 옷가게 주인은 마지막 손님을 맞자 얼었던 얼굴이 금방 밝아졌다.

"이 옷 얼맙니까?"

기려는 두툼해 보이는 남자 내복 한 벌을 가리키며 물었다.

"예, 그것은 본전이 500환인데 날도 춥고 오늘 장사도 다 했으니 450환만 내고 가져가십시오."

주인은 물건 팔 욕심으로 이렇게 대답했다.

"예? 주인장, 우리 대한민국 백성이 가난하게 사는 이유를 이제 알았소. 아니, 왜 50환을 손해 보고 팝니까? 50환 이익을 보아야 잘살 게 아니오?"

기려는 600환을 가게 주인의 손에 쥐어 주고 나왔다.

그러자 가게 주인은 놀라서 입을 다물지 못했다.

제자는 돌아오면서 기려가 세상 물정에 어두운 것을 안타까워했다.

"참 선생님도. 세상에 장사하는 사람 말이 다 참말인 줄 아십니까? 본전이 500환인데 450환에 팔 사람이 어디 있다고 그 말을 믿습니까?"

그러자 기려는 싱긋이 웃으며 흥분한 제자를 조용히 타일렀다.

"내가 왜 그걸 모르겠나. 그러나 주인의 말을 그대로 믿어 주면 다시는 나에게 거짓말을 안 할 것이야. 우리 삼천만이 다 서로 믿어 주면 얼마나 좋은 세상이 되겠나……, 나 한 사람부터 먼저 실천하는 것이지."

아버지를 따라 남으로 내려온 둘째 아들 가용은 서울의대에 해부학 교수로 있었다.

피난 시절 천막 병원에서 남다른 사명감으로 일하는 아버지를 보며 자란 가용은 어느새 아버지와 같은 길을 걷고 있었다.

그 가용이 결혼을 했을 때의 일이었다.

며느리는 혼자 사는 시아버지에게 비단으로 이부자리를 마련해 왔다.

기려는 고운 혼수를 보자 문득 생각나는 사람이 있었다.

교회에서 가끔 만나게 되는 고학생의 초라한 모습이 떠오르자 기려는 며느리에게 얼른 말했다.

"애야, 이 이불을 그 녀석에게 갖다 줘야겠구나. 겨울에는 늘 감기를 앓는 아이야."

"아버님, 무슨 말씀이세요? 이것은 제가 아버님께 드리는 혼수입니다."

며느리는 남편에게서 입은 옷도 거지에게 곧잘 벗어 주고 온다

는 시아버지 이야기를 들었지만, 혼수까지 남에게 주자고 할 줄은
몰랐다.

한번 마음먹으면 절대로 바꾸지 않는 시아버지의 성품을 아는
며느리는,

"아버님께서 꼭 그러시기를 원하면 제 성의를 보아 새 이불은
아버님이 쓰시고 지금 사용하시는 걸 주면 어떻겠어요?"

이렇게 그럴듯한 생각을 내놓았다.

그러나 기려는 오히려 며느리의 생각이 엉뚱하다는 얼굴이었다.

"얘야, 이왕 남에게 주려면 쓰던 것보다는 새 것으로 주는 게 예
의가 아니겠니?"

며느리는 더 이상 고집을 부려 보아야 이 시아버지 앞에서는
통하지 않는다는 것을 알고 혼수 이불을 고학생의 자취방으로 보
내 주었다.

"아버님, 이제 혼자 적적하게 계시지 말고 서울에서 저희들과
같이 살아요."

가용은 부산에서 혼자 사는 아버지가 늘 마음에 걸렸다.

"그게 무슨 말이냐? 내가 부산에서 해야 할 일들이 얼마나 많은
데……. 그럼 그 일을 누가 다 하게."

기려는 아들의 말에 펄쩍 뛰었다.

"아버님이 아니셔도 누군가가 그 일들을 다 하게 되어 있습니다."

"그것부터 틀린 생각이지. 우리 국민이 내가 아니면 이 일을 할 수 없다는 정신으로 살아야지. 원, 배운 사람부터 그렇게 생각을 가져야 될 것 아닌가?"

가용은 무안해서 더 이상 말하지 않았다.

기려는 봉함편지를 쓰는 일이 거의 없었다. 어쩌다 서울의 며느리에게 전할 말이 있으면 5원짜리 엽서를 썼다.

"아버님, 제게 편지를 주실 때는 엽서를 쓰시지 마셔요. 다른 사람이 먼저 읽고 주는 것 같아 기분이 안 좋아요."

"엽서로도 충분히 할 수 있는 말을 왜 봉함편지로 쓰냐? 그럴 돈이 있으면 없는 사람 돕는 데 보태지."

달 밝은 밤이었다.

병원 경비원이 순시를 하다가 원장 사택 쪽으로 숨어드는 그림자 하나를 보았다.

얼마 전 한복을 도둑맞았다는 소문을 들은 경비원은 이번에도 도둑임이 틀림없다고 생각했다.

경비원은 이 기회에 자기 손으로 꼭 도둑을 잡고 싶었다. 그는 그렇게 해서라도 원장 장기려에게 진 마음의 빚을 갚으려고 했다.

경비원은 오랫동안 골수염으로 고생하던 사람이었다.

3년째 누워 있던 어느 날, 외출했던 친척이 헐레벌떡 들어오며 병을 고칠 방법이 생겼다고 흥분해서 알려 주었다.

부산 복음 병원으로 가면 무료로 수술 받을 수 있다는 소문이었다.

"꼭 장 박사를 만나야 고칠 수 있다네. 아예 그분의 눈에 띄는 곳에 누워 있게. 사택에서 병원으로 오는 길에 자갈밭이 있는데 거기 누워 있다가 그분 눈에 띄어 돈 없이도 병 고친 사람이 한둘이 아니라는군."

경비원은 친척의 말을 믿을 수 없었지만 시키는 대로 했다. 그리고 마침 출근하는 기려의 눈에 띄어 병원으로 옮겨져 수술을 받았다.

퇴원을 하던 날, 그는 아무리 돈이 없다고는 하나 자갈밭에 드러누워 있었던 일이 부끄러워 장기려를 찾아가 사실대로 고백하지 않을 수 없었다.

"걱정 마시오. 오죽하면 자갈밭에 누워서 나를 만나려고 했겠소."

기려는 빙긋이 웃으며 오히려 그를 위로해 주었다.

"당장 힘든 일은 피하는 것이 좋겠소. 혹시 병원 경비원으로 일해 볼 마음이 있으면 여기에 있어도 괜찮으니 생각해 보시오."

그날로 병원 경비원에 취직이 된 그는 장기려에게 고마움을 갚을 길이 없던 중에 마침 사택으로 숨어드는 도둑을 발견한 깃이었다.

경비원은 구두를 벗어 놓고 발걸음을 죽이고 서재의 창문으로 안을 살피다가 그만 실망하고 말았다.

원장이 이미 도둑을 잡아 놓고 조용한 목소리로 타이르고 있었던 것이다.

도둑은 서재 앞에다 가져온 보자기를 펴 놓고 책을 싸려고 한 모양이었다.

"젊은이, 그 책 가져가면 고물 값밖에 더 받겠소? 그러나 나에겐 아주 소중한 것이라오. 내가 대신 그 책값을 쳐줄 테니……, 무거운 책보다야 돈이 더 낫지 않겠소?"

"원장님, 죽을 죄를 지었습니다. 용서해 주십시오."

도둑의 떨리는 목소리였다.

"이 돈을 가져가시오. 그리고 이 짓 말고 다르게 살 생각이 있으면 찾아오시오."

"잊지 않겠습니다, 원장님."

도둑은 돈을 받아 들고는 허둥지둥 달아나 버렸다.

경비원은 사라지는 도둑의 뒷모습만 멍하니 보고 서 있다가 다시 고양이 걸음으로 걸어 나왔다.

은혜를 갚을 기회를 놓쳤지만 커다란 감동 하나가 가슴 가득

차올랐다.

도둑이 싸다가 만 책을 도로 꽂고 있는 기려의 모습을 향해 경
비원은 저도 모르게 고개가 숙여졌다.

무의촌을 찾아서

어디서 본 듯한 소년이었다.

애광원 원장의 손에 이끌려 기려가 묵고 있는 숙소에 억지로 들어선 소년의 커다란 눈이 두려움에 떨고 있었다.

"너 무척 걱정하고 있구나."

그 소년은 급성맹장염으로 수술하였는데 무엇이 잘못되었는지 두 달이 지났는데도 수술한 상처가 아물지 않아 고생하고 있었다.

소년은 기려가 다시 수술을 받아야 된다고 말하면 도망치고 말겠다는 듯 미리 엉덩이를 문 쪽으로 내밀고 있었다.

"내일 진료소로 나를 찾아올래?"

기려는 어디선가 만난 적이 있는 듯한 이 소년에게 친절하게 말했다.

"병원엔 왜요? 또 수술하게요?"

"수술이라니? 아냐, 네 귀에서 피를 조금 따 검사를 해 보려고 그런다. 너에게 맞는 약을 알아내어 상처를 빨리 아물게 하려고."

소년은 수술을 하지 않겠다는 말에 조금 안심이 된 얼굴로 돌아갔다.

소년을 돌려보내고 나서야 기려는 어디서 만난 적이 있는 소년인지를 알아내었다.

겁먹은 그 큰 두 눈이 바로 막내아들 인용이었다.

남쪽으로 내려올 때 코흘리개 소년이었던 인용이 지금은 청년으로 커 있을 것이다.

병원에서 돌아오는 아버지를 기다리며 인용이 놀던 골목길이 환히 떠올랐다.

아버지가 남쪽으로 내려간 것이 어떤 것인지도 모르고 돌아오지 않는 기려를 매일 기다리고 있었을 인용이.

기려는 생각이 거기에 머물자 눈시울이 젖어 왔다.

'이 녀석이 내일 진료소에 안 오면 어쩌지?'

그러나 소년은 다음날 아침 일찍 진료소의 문을 두드렸다.

기려는 소년의 귀에서 피를 조금 뽑아 검사를 하고 소년에게 맞는 약을 알아내었다.

　"이 약을 바르면 곧 상처가 아물 거다."

　소년은 기려가 약속대로 수술을 하지 않아도 된다고 하자 좋아서 인사하는 것조차 잊어버리고 뛰어갔다. 몇 주일이 지나고 다시 애광원 진료소에 갔을 때였다.

　소년이 밝은 얼굴로 혼자서 진료소를 찾아왔다.

　"아, 너 왔구나. 그래, 상처는 다 나았느냐?"

　"예."

　"그런데 오늘은 무슨 일로 왔느냐?"

　"이걸 드리려고요."

　소년은 바닷가에서 주운 고둥 목걸이를 내밀었다.

　"제가 만들었어요. 박사님 드리려고요."

　기려는 소년의 손에서 반짝거리는 고둥 목걸이를 받았다.

　"이 예쁜 것을 나에게 주다니 고맙다. 그래 어떻게 하는 거냐?"

　소년은 청진기가 걸린 기려의 목에다 발돋움으로 고둥 목걸이를 걸어 주었다.

　소년을 만난 애광원 진료소를 찾을 때에 기려의 목에는 반드시 그 고둥 목걸이가 걸려 있었다.

부모가 없는 그 소년이 어디선가 이것을 보고 잠시라도 기뻐해 주기를 바라는 마음에서였다.

무의촌에서 진료를 하던 중에 맹장염을 앓는 환자가 발견되었다. 기려가 급하게 복음 병원으로 데려와 수술을 해서 환자는 완쾌되었다.

조금만 아파도 무당을 불러서 굿을 하던 산골 마을 환자에게는 모든 것이 신기한 일뿐이었다.

병원장인 기려가 수술에 들기 전에 하나님을 부르며 기도하는 것도 처음 보는 일이었다.

입원해 있는 동안 환자들 사이에 오고 가는 장기려의 미담에 감동을 받은 그는 산골 마을로 돌아와서 교회에 나가기 시작했다.

그에게서 기려의 미담이 전해지자 기려가 무의촌 진료를 오는 날은 어른 아이 할 것 없이 모두가 임시 진료소가 된 학교로 나왔다.

"저분이 만져 주시면 아픈 곳도 사라진대요."

"기도의 영험 때문이지. 하나님과 통하시는 분인가 봐. 수술을 조금도 아프지 않게 하신대."

미신만 믿고 살아온 산골에 기려가 진료를 나오고부터 교회를 찾는 사람이 하나 둘씩 늘어 갔다.

대대로 무당을 하며 사는 여자가 치성을 드리러 산에 갔다가 아카시아 가시에 발이 찔려 절고 다녔다.

상처가 곪아 발등까지 시퍼렇게 부어오르자 마을 사람들은 기려가 오는 날에 보여 보라고 권했다.

그러나 무당은 무당신이 하나님보다 병을 잘 고친다고 하며 가시에 찔린 장소에 가서 굿을 했다.

그러나 발이 낫기는커녕 더욱 부어올라 문 밖에 나가는 일조차 어렵게 되었다. 마을 사람들은 기려가 오는 날 무당을 들것에 실어서 진료소로 데리고 나왔다.

가시의 독이 퍼져 시퍼렇게 부어오른 발을 보고 기려는 얼굴을 찌푸렸다.

"그래, 이 지경이 되도록 미련하게 두었단 말이오?"

모여 선 사람 중에서 누군가가 대답했다.

"무당은 하나님을 싫어한답니다."

"하나님은 무당도 싫어하시지는 않는답니다. 치료를 받으세요."

하나님을 믿는 의사가 혹시 치료를 안 해 주면 어쩌나 걱정하던 무당의 얼굴에 안도의 빛이 돌았다.

장기려의 치료를 받고 발이 깨끗이 나은 무당은 무당의 일을

이어 주리라고 생각하고 있던 어린 딸에게도 기려의 이야기를 들려주었다.

무당의 어린 딸은 장기려가 어떻게 생겼는지 한번 만나 보고 싶었다.

기려가 산골 마을에 오는 날이었다. 어머니와 딸은 깨끗한 옷으로 갈아입고 임시 진료소가 된 학교에 나왔다.

아이는 흰 가운을 입고 사람들을 진찰하고 있는 기려를 보자 그만 울음을 터뜨리며 소리치고 말았다.

"엄마, 박사님도 사람이잖아!"

어린 딸의 생각에는 장기려가 여느 사람처럼 생기지 않았으리라고 믿었던 것이다.

모여든 사람들이 아이의 그 말에 '와아' 하고 웃었다.

기려도 소리 내어 웃고 말았다.

'박사님도 사람이잖아.'

그 무의촌 진료를 다녀온 후 간호원들 사이에는 이 말이 한동안 유행어처럼 돌았다.

우리나라에서 두 번째로 큰 섬 거제도의 보건원에 외과의사가 없었다. 그래서 수술을 하려면 통영시까지 나가야 하는 불편을 겪는다는 연락이 왔다.

거제 보건원의 정희섭 원장은 기려가 월남해 왔을 때, 부산 제3육군 병원의 병원장으로 기려를 받아 주었던 사람이었다.

기려는 의사를 찾는 곳이면 어디든지 가야 하는 것이 의사의 사명이라고 생각했다.

기려는 2주일에 이틀씩만 거제도에서 환자를 보기로 했다.

기려가 오는 날은 병원이 장날처럼 붐비었다. 외딴 섬마을에서 오는 환자들은 바람이 불어서 배를 탈 수 없을까 걱정되어 미리 병원 가까운 여관에 들어 있기도 했다. 장기려에 대한 환자들의 신뢰는 이처럼 절대적이었다.

손자가 수술을 받고 퇴원하게 되는 날 할머니는 손수건에 달걀 3개를 싸 와서 기려의 손에 쥐어 주었다.

"선생님, 우리 삼대독자를 살려 주셔서 참말로 고맙습니다."

기려는 순간 할머니의 얼굴에서 기도로 키워 주신 자신의 할머니 모습을 보았다.

"할머니, 손자의 병은 제가 낫게 한 것이 아닙니다. 저는 그저 조금 도와주었을 뿐입니다."

"무슨 말씀을요. 선생님이 수술하여 우리 손자를 안 살렸습니까?"

기려는 할머니의 말에 웃으며 설명했다.

"할머니, 우리 몸에는 자기 스스로 낫게 하는 힘이 있답니다. 그 힘이 없다면 의사는 아주 작은 수술도 못한답니다. 할머니도 칼을 쓰시다가 혹 손을 벤 일이 있잖았습니까?"

"있었고말고요."

"그럴 땐 어떻게 하셨어요?"

할머니는 유명한 박사님이 이렇게 친절하게 물어보는 것이 고마워서 자세히 대답을 했다.

"어디 약을 바르고 할 틈이 있습니까? 피가 멈추게 꼭 싸매 두어도 일을 하다 보면 언제 나았는지 다 나아 있었지요."

할머니는 손가락의 상처 자국을 찾아내려고 앙상한 손을 펴서 들여다보았다.

"그 보세요. 피는 자연히 멈추고 상처는 특별한 약을 바르지 않아도 저절로 낫습니다. 그게 다 우리 몸 안에서 치료해 주는 힘이 있기 때문입니다. 그러니까 의사는 그걸 믿고 큰 수술도 안심하고 한답니다."

기려의 말을 듣고도 할머니는 고개를 설레설레 흔들기만 했다.

"알 듯도 하지만 그래도 이상하네요. 우리 손자를 선생님이 분명히 살려 내시고도 그것이 공이 아니라고만 하시니……."

할머니가 두고 간 달걀 3개의 마음은 기려가 무의촌을 찾을 때마다 떠올랐다.

"환자는 의사가 조금만 친절하게 해 주어도 고마워한다네. 그 고마워하는 마음이 병을 빨리 낫게 하는 데 큰 몫을 하네. 훌륭한 의사가 되는 것은 어려운 것이 아니네. 의사로서 최선을 다하면 된다네."

　이것은 기려가 무의촌에 다니면서 깨닫게 된 것을 의사가 되려
는 학생들에게 심어 주는 말이 되었다.

　서울대학에서 강의를 마치고 돌아오는 밤 열차 안에서였다.

　라디오에서는 올해 라몬 막사이사이상의 수상자가 우리나라의
장기려 박사로 결정되었다는 속보가 흘러나왔다. 그 보도와 함께
기려의 약력과 그동안의 공적이 소개되었다.

　장기려의 인술은 우리나라에만 알려진 것이 아니었다.

필리핀 정부에서 주는 이 '막사이사이상'의 관리위원들이 장기려의 인술이 사실인가를 알아보기 위해 우리나라에 와서 조사하고 돌아갔던 것이다.

기려는 기차 안에서 수상 소식을 듣고는 깜짝 놀랐다.

자신이 이렇게 큰 상을 받을 자격이 있는 일을 정말 한 것인가?

기차가 부산에 닿을 때까지 기려는 상이 주는 무거움으로 꼼짝할 수가 없었다.

라몬 막사이사이는 필리핀의 대통령으로 자기 나라 국민뿐만 아니라 다른 나라 국민들에게까지도 존경을 받던 사람이었다. '국민의 소리는 하나님의 소리'라는 정신으로 정치를 한 보기 드문 지도자였다.

라몬 막사이사이는 1957년 비행기 사고로 죽었다. 그가 생전에 필리핀 국민들에게 준 봉사정신을 기리며, 세계 어느 곳에서나 그 나라의 국민 복지에 대해 깊게 생각하는 사람들에게 힘과 용기를 주기 위하여 미국의 록펠러 재단이 이 상을 설립했다.

아시아의 노벨상이라고 불리는 이 상이 설립된 이후 우리나라에서는 모두 일곱 명이 수상했다.

1979년, 사회 봉사상 부문의 수상자 장기려의 공적은 이러했다.

기려는 이 상을 수상하고 돌아와 이렇게 말했다.

사회 봉사를 위한 1979년도
라몬 막사이사이상

장 기 려

그의 실제적이고 헌신적인 그리스도적 사랑과
한국 부산 청십자 의료보험조합 설립에 관한
공적으로 수상하는 바이다.

1979년 8월 31일
마닐라, 드릴논
벨렌 H. 아브룩

"그리스도적인 사랑이라고 상장에 쓰인 것이 참으로 부끄럽다. 왜냐하면 예수님은 우리를 위해 십자가에 못 박혔는데, 나는 좋은 것 먹고 입고 잘 살면서 일한 것이 아닌가. 또 오른손이 한 일을 왼손도 모르게 하라 하신 그의 말씀에 비추어 보면, 나에게 상이 주어진 자체가 내가 한 일이 명예심 없이 일한 것이 아니라는 증명이 된다."

그러면서 그는 상금 전부를 청십자 의원의 의료기구를 구입하는 데 내놓았다.

"이것은 내가 받아 온 것일 뿐 나를 도와준 사람들의 상이니 더 많은 사람들이 골고루 이 상금을 쓰도록 합시다."

그 후 호암 사회 봉사상의 상금도 장기려는 이렇게 사회에 내놓았다.

그를 아는 사람들은 이렇게 말한다.

돈과 명예 같은 것에는 전혀 관심이 없고 오직 평화만을 생각하는 사람. 이 말 앞에는 모두 고개를 끄덕이지 않을 수 없다.

북에서 온 편지

기려는 불면증으로 잠 못 드는 밤이 많았다.

그런 밤이면 으레 마음이 가는 곳은 휴전선 저쪽이다.

아내와 아이들이 무사히 살아 있다는 것을 그는 믿고 있었다. 그리고 언젠가는 만나게 되리라는 것도 믿고 있었다.

이 강한 믿음은 때때로 꿈으로 나타날 때가 있었다.

북에 두고 온 아내가 꿈속에서 웃을 때도 있었고, 아주 화가 난 얼굴을 할 때도 있었다.

그동안 기려는 몇 차례나 청혼을 받은 일이 있었다.

그때마다 기려는,

"하나님이 정해 주신 믿음의 딸이 북에 살아 있습니다. 아내가 나를 기다리고 있는데 그 기다림을 어찌 저버리겠습니까?"

그렇게 청혼을 거절하고 돌아온 날 밤에는 아내가 꿈속에서 웃었던 것 같다.

화를 내고 나타나는 날은 과로로 심장의 박동이 일정하지 않을 때나 음식을 잘못 먹어 체했을 때였다.

어린 시절 찬물을 마시고 체했을 때마다 '차심'을 못 한다고 회초리를 들던 어머니 같은 얼굴을 아내는 하고 있었다.

기려는 아내의 얼굴이 화를 내거나 웃는 것에 상관없이 꿈속에서 아내를 만난 날은 종일 기분이 좋았다.

사랑하는 사람이 살아 있음이, 참사랑의 믿음이 휴전선을 마음대로 오고 갈 수 있음이 신비스러웠다.

"박사님, 적적하지 않으셔요?"

"왜, 내가 외로워 보이시나? 눈이 나쁘시구먼. 자세히 보면 내 속에 우리 집사람이 같이 있는 것이 보일 텐데……."

꿈에서 아내를 만난 날은 이런 농담마저도 즐거웠다.

부모님이 돌아가신 것도 기려는 꿈속에서 알았다.

아버지는 1953년께 돌아가셨을 것이라고 생각했다.

꿈속에 이웃집 김광환 아저씨가 찾아왔다.

아버지의 친구 김광환 아저씨는 자기의 바지춤을 내리며 기려가 '배 복, 배 복' 하여 주기를 기다리던 아저씨였다.

기려가 고향에서 자라던 어린 시절에 이미 돌아가셨던 그 아저씨가 아주 엄숙한 얼굴로 들어오면서,

"기네야, 너의 아버님이 오신다."

하는 것이 아닌가.

기려가 놀라서 아버지 마중을 나가니 아버지 옆에는 낯익은 고향 사람들이 모두 검은 옷을 입고 서 있었다.

꿈을 깬 기려는 그날이 아버지가 돌아가신 날이라고 믿었다.

어머니는 1968년에 돌아가셨다.

꿈속에 삼촌들이 검은 테를 두른 어머니의 사진을 들고 기려에게 온 것으로 보아 알 수 있었다.

그러나 아내와 다섯 아이들은 모두 잘 있는 모양이다.

꿈에 휴전선을 넘어 와 화를 내고 가는 아내의 모습은 아직 살아 있다는 증거였고, 불길한 모습으로 기려를 만나러 온 아이들도 없었던 것을 보면 그렇게 믿을 수밖에……

1983년, 제네바에서 열리는 국제 적십자 회의에 다녀온 사람으로부터 북한에 장기려의 가족이 모두 잘 있다는 소식을 들었다.

6·25 때 열일곱 살 어린 나이에 인민군으로 징집되어 간 큰아들 택용이 약학 박사가 되어 국제회의에 가끔 참석한다는 사실도

알게 되었다.

그 소식을 들은 순간, 기려는 자신의 기도가 헛되지 않았음에 대한 기쁨으로 온몸이 떨렸다.

'휴전선을 넘을 수 있는 것은 오직 기도뿐이구나. 이제는 우리가 모두 만날 수 있는 통일의 기도를 시작해야겠어.'

의성소학교 선생이었던 사촌형 장기원의 맏딸 장혜원은 생화학을 전공한 박사로 미국에 살고 있었다.

혜원은 북한에 있는 장기려의 가족이 무사하다는 소식을 듣고부터 어떻게 하면 서로의 안부라도 닿게 할 수 없을까 하고 애를 썼다. 그러던 중에 장택용이 리스본으로 약학에 관계되는 국제 회의에 참석하러 온다는 것을 알게 되었다.

리스본에 있는 북한 대사관에 혜원은 장택용을 만나러 간다는 연락을 미리 보냈다.

그리고 리스본에 도착해 보니 택용은 3일 전에 이미 북한으로 돌아가고 없었다.

북한 대사관 직원은 장택용이 북한 당국으로부터 급한 연락이 있어 빨리 돌아갔다고 하며, 육촌 누나 혜원이 오면 꼭 전해 주라고 한 편지와 나일론 옷감을 내놓았다.

장혜원은 택용의 편지를 읽으며 어릴 때 잠깐 만난 적이 있는 부끄러움 많던 한 소년의 모습을 떠올렸다.

대사관 직원에게 택용을 만나면 주려고 가져간 장기려와 가용의 사진, 전자계산기, 시계 등을 맡기고 돌아왔다.

그 얼마 후에 미국의 장혜원이 기려에게 편지를 보냈다.

장기려의 맏딸 신용이 장혜원에게 보낸 편지를 혜원이 다시 기려에게로 부쳐 보낸 것이었다.

기려는 딸의 글씨를 보자 눈앞이 흐려 와서 편지를 읽을 수가 없었다.

남쪽으로 내려올 때 겨우 열한 살이었던 신용이었다.

기려가 군용 버스를 타고 평양 거리를 지날 때, 어머니의 손을 잡고 사람들 속으로 묻혀 갔던 그 신용이 이제 어른이 되어서 미국으로 편지를 보내 온 것이다.

신용은 육촌 언니 혜원이 리스본에 있는 북한 대사관을 통해 보내 준 편지와 물건을 받고, 회답으로 보낸 편지 속에 이렇게 가족의 이야기를 써 놓았다.

택용은 의과대학 약학부를 박사로 졸업하고 교수가 되어 있었다.

그리고 신용은 식품공학사, 성용은 핵물리학 박사, 인용은 이론 물리학 박사, 진용은 교사로 일한다고 했다.

팔순이 넘는 아내가 아직도 건강하다는 소식에는 기려 자신도 모르게 무릎을 꿇었다.

그가 남쪽에서 가난한 사람들을 도와주면, 그 누군가가 북쪽의 가족들을 기려 대신 보살펴 주리라는 소망이 그대로 이루어지고 있었음에 한없이 감격하였던 것이다.

신용은 편지에서 또 이렇게 말했다.

〈언니가 보내 준 두 장의 사진을 보고 저희들은 한동안 꼼짝할 수가 없었어요. 아버지의 사진과 가용 오빠의 사진을 만지며 얼마나 울었는지 몰라요.

언니, 더 슬픈 것은 어머니가 아버지를 못 알아보시는 것이었어요.

'가용이구나. 너희 아버지 모습이 많이 들어 있어.'

어머니의 마음속에는 가용 오빠의 모습이 새겨져 있었던지 아버지의 사진을 보시곤 가용 오빠라고 하셨어요. 그리고 또 한 장의 사진을 가리키며 이 사람은 누구냐고 물었어요.

저희들이 이 사진이 가용 오빠이고, 처음 보신 사진이 아버지라고 했더니 어머니는 너무 놀라 한동안 말이 없었어요.

언니, 사실 아버지의 모습은 너무 젊어 꼬부랑 할머니가 된 우리 어머니가 못 알아보실 만도 하셨어요. 어머니는 아버지의 사진을 바라보시더니,

'우리가 사진으로 이렇게 만나다니요…….'

그러시곤 한참을 우셨어요.〉

기려는 이 편지 대목에서 아내가 울었듯이 한참 울었다.

아내보다 젊어 보인 것이 너무 미안했다.

〈언니, 우리 아버지가 남쪽에서 그렇게 훌륭한 일을 하신다니 얼마나 자랑스러운지 몰라요. 돈을 모으시지 않고 남을 돕는 데 쓰신다는 글을 읽으며 어머니는 이렇게 말씀하셨어요.

'너희 아버지, 거기서도 여전하시구면. 두 개 가지면 벌 받는 줄 아시는지 번번이 거지에게 옷 벗어 주고 퍼렇게 얼어서 들어오셨어. 내가 부엌에서 굶는 것도 모르시곤 길 가는 거지들을 불러와서 겸상 차려 먹이신 양반이지.'

언니, 어머니 회갑날의 이야기를 할게요. 저희들이 어머니 회갑상을 차리려고 했더니 어머니는 아버지 회갑상도 못 차렸는데 어떻게 상을 받겠느냐고 하시며 통일되면 아버지와 같이 잔칫상을 받으시겠대요. 그리고 잔칫상 대신 노래나 부르자고 하셨어요.

성용이가 어릴 때 어머니에게서 '울 밑에 선 봉선화'를 배워 혼자 소꿉장난을 하며 곧잘 불렀답니다.

성용이가 이 노래를 시작하면 어머니가 일하시다 같이 부르고,

어머니의 목소리를 들으신 아버지가 노래의 마지막 부분을 부르시곤 했답니다.

회갑상 대신 어머니는 이 노래를 부르셨어요.

'울 밑에 선 봉선화야, 네 모양이 처량하다……'

아들들이 아버지 대신 어머니가 부르시는 노래의 마지막 부분을 부르자 저희 딸들은 눈물이 나서 모두 부엌으로 나와 버렸어요.〉

흐려지는 기려의 눈앞으로 소꿉장난을 하고 놀던 어린 딸의 모습과, 딸을 바라보며 일손을 멈추고 같이 노래를 부르던 아내의 모습이 다가왔다.

기려는 아내의 회갑날, 자기 대신 노래를 불러 주었다는 아들들이 너무 고마워서 편지를 읽다 말고 젊은 날로 돌아가 목소리를 낮추어 노래를 불렀다.

'어여쁘신 아가씨들 너를 반겨 놀았도다.'

두 뺨 위로 조용히 흘러내린 눈물이 기려의 옷자락을 적시고 있었다.

1991년 6월.

기려는 북한에서 온 가족사진과 함께 아내의 편지를 받았다.

　미국 캘리포니아주에 살고 있는 조카며느리가 북한을 방문하
고 돌아오면서 가지고 온 것이다.

　기려는 낯익은 아내의 글씨와 함께 나온 한 쪼그랑 할머니의
사진 앞에서 잠시 움직일 수가 없었다.

　기려의 마음속에 살고 있는 아내는 40년 전의 참사랑을 약속하
던 그 아내였다.

　그리고 꿈속에서 가끔 만나는 아내도 그때 그 모습이었다.

　그런 아내가 지금은 할머니로 변하여 기려에게로 왔으니 어리

둥절할 수밖에 없었다.

마른 나뭇가지처럼 변해 버린 아내는 혼자서 시부모님과 다섯 아이들을 보살피느라 저렇게 늙었을 것이다.

그러나 조금 후에 기려는 늙은 아내의 주름살 속에 감추어진 40년 전의 모습을 하나하나 찾아내기 시작했다.

급한 환자가 생기면 한밤중에 나갔다가 새벽녘에 돌아오는 일이 자주 있었다.

아내는 기려가 돌아와 문을 두드리면 시부모님이 깨실까 걱정되어 마루 끝에 앉아서 기다리고 있었다.

골목을 돌아오는 기려의 발소리만 듣고도 얼른 문을 열어 주던 그 아내가 지금 기려에게 온 것이다.

기려는 무의촌 환자들로부터 가끔 편지를 받았다.

치료해 주어 고맙다는 인사의 편지도 있었고, 병에 대한 증상을 써 오거나 병후의 건강관리에 대해 질문하는 내용이 대부분이었다.

"그 무의촌에 답장을 보내야 하는데……."

병원 일로 바빠서 답장을 쓰지 못한 안타까움에 혼잣말을 하면,

"제가 벌써 보냈어요."

"아니, 당신이 어떻게……?"

"왜 제가 가끔 당신에게 이런 환자의 병후 몸조리는 어떻게 해야 하느냐고 물었지요? 그 답장을 당신 대신 쓰려고 그랬어요. 너무 바쁜 당신을 보면 환자도 대신 봐 주고 싶은걸요."
하고 아내는 웃었다.

기려는 아내의 주름살 속에서 40년 전의 웃음과 목소리를 찾아내었다.

"여보, 당신 혼자 고생이 너무 많았구려. 난 아직도 당신에게 참사랑을 고백하던 날, 부끄러워하던 당신 모습만 가슴에 지니고 살았으니 할머니가 된 당신을 얼른 못 알아보았구려. 내가 당신보다 젊고 살이 찐 것 같아 정말 미안하오."

기려는 아내 김봉숙의 사진을 가만히 쓰다듬어 보았다.

"당신이 부엌에서 그렇게 굶고 있는 줄은 정말 몰랐다오. 결혼 반지를 쌀로 바꾸어 먹은 것도 월남 후 형수님(장기원의 아내)에게서 듣고 알았다오. 이제 당신을 만나면 쌀 걱정 안 시킬 자신이 있소. 여기는 쌀이 남아도니까 내 안주머니에 쌀봉투를 넣어 다니지 않아도 된다오."

북에 있을 때 기려는 왕진을 갔다 오면서 간혹 진료비 대신 쌀봉투를 안주머니에 넣어 왔다.

사례로 받은 쌀봉투를 아내에게 내어 주면 좋아서 어쩔 줄 몰라 하던 아내의 모습도 그 주름살 속에 숨어 있었다.

아내의 편지는 아버지와 어머니의 돌아가신 날짜부터 알려 주는 것으로 시작되었다.

기려는 아내가 편지 속에서 알려 주는 부모님이 돌아가신 날을 보고 깜짝 놀랐다.

아버지도 어머니도 기려의 꿈속에 찾아오신 날로부터 꼭 일주일 후에 돌아가셨던 것이다.

기려는 꿈속에서 뵌 그날이 돌아가신 날이거니 하고 해마다 기도해 오고 있었다.

부모님은 돌아가시기 전에 휴전선을 넘어서 아들에게 당신들의 죽음을 미리 알려 주러 오셨던 것이다.

아내는 말했다.

〈기도 속에서 언제나 당신을 만나고 있습니다. 부모님과 아이들이 힘든 일을 당할 때마다 저는 마음속의 당신에게 물었습니다. 그때마다 당신은 이렇게 하면 어떠냐고 응답해 주셨고, 저는 그대로 따랐습니다. 잘 자란 우리 아이들, 몸은 헤어져 있었지만 저 혼자서 키운 것이 아닙니다.〉

아내의 이 편지 앞에서 기려는 조용히 눈을 감았다.

그 코흘리개 아이들이 사회에 한몫을 하는 사람들로 자라 준 것은, 아내가 기도할 때마다 응답해 준 어떤 보이지 않는 힘이 기려 대신 지켜 주었기 때문이라고 믿었다.

〈꿈속의 당신이 무의촌에 갔다 오면서 주머니 속에서 쌀봉투를 꺼내 주시면 저는 하루 종일 기뻤습니다.

당신이 거기에서도 당신답게 사신다는 것을 혜원의 편지를 받기 전부터 저는 알았습니다. 당신의 본성이 어찌 변하겠습니까?

이산가족들의 만남이 하루 빨리 이루어진다면 얼마나 좋을까요?

여든이 넘도록 살아 있는 것은 우리가 만나게 될 약속이 있기 때문이 아닐까요?〉

"정말 그런가 보우."

기려는 사진 속의 아내에게 대답해 주었다.

장기려가 40년 만에 북한의 가족 소식을 듣게 되었다는 이야기가 알려지면서 기려는 한 잡지사 기자의 방문을 받았다.

"이산가족 만남이 이루어진다면 박사님께서는 1차로 북한에 가실 것 같습니다. 유명한 박사님이신 데다 연세도 많으시니까요."

기자의 말에 기려는 꾸짖듯이 말했다.

"여보쇼! 내가 무어 대단한 사람이라고 1차로 가겠소? 설령 1차로 가라고 해도 무슨 박사라고 하여 가는 1차라면 사양하리다. 이

203

땅에 헤어져 사는 사람이 어디 나 한 사람이오? 만나고 싶은 마음이야 다 똑같지. 이산가족이 다 함께 만나는 날 나도 만나러 가겠소."

아내의 말처럼 여든이 넘도록 살아 있음은 약속된 그 만남이 아직 남아 있기 때문인지 조금도 서두르지 않는 말이었다.

기자가 기려의 말에 무안한 표정을 감추지 못하자 기려는 조용히 말했다.

"그러나 우리 모두의 마음에 휴전선을 그은 채 만나면 무얼 하겠소? 상처만 더 깊어질 뿐이지……. 기자 양반도 기도를 보태시우. 통일이 되어 마음의 평화를 가지고 모두 만나게 해 달라고 말이오."

할아버지 손은 약손

'하나님, 우리 금강석이가 하나님 나라와 이 세상에서 크게 쓰이는 일꾼이 되게 하소서.'

어린 시절 할머니의 이 기도는 지금까지도 기려를 따라오고 있었다.

입암동 고향 마을에서 목사님 다음으로 하나님과 친한 사람이 할머니라고 생각하고 자란 기려는 아픈 배도, 뺨에 생긴 물혹도 기도로 낫게 해 준 할머니의 약손을 잊지 않았다.

수술할 때마다 기도를 하게 된 것도 생각해 보면 할머니 때문이었다.

할머니의 기도 힘이 자신에게도 생겨나기를 바라고 있었던 것이다.

75세까지 기려가 단독으로 한 수술의 예는 1만 회를 넘었고, 크고 작은 그 모든 수술 속에 그의 기도가 들지 않은 때는 없었다.

언젠가 강의 시간에 학생들에게서 이런 질문을 받은 적이 있었다.

"교수님께서는 수술하시기 전에 꼭 기도를 하셨다고 들었습니다. 그런데 요즈음은 기도를 안 하시고 수술을 한다는데 이제 그만큼 자신이 생기셨기 때문입니까?"

기려는 질문을 한 학생을 향해 조용히 말했다.

"자신이라니? 그건 절대 아니네. 스승 백인제 교수님은 환자를 언제나 경건하게 맞으라고 말씀하셨네. 그 가르침도 있었지만, 수술에 들기 전에 의사는 어떤 절대적인 힘에 의지하고 싶은 마음이 생기게 마련이지. 그 어떤 힘이 나의 모자라는 것을 보충해 주신다고 믿으면 한결 용기가 생긴다네. 그리고 기도하는 동안 정말 나 같으면 이 병으로 수술을 받겠는가 하고 환자의 입장에서 한 번 더 생각해 보는 기회가 되네."

기려는 귀 기울이고 있는 학생들을 둘러보고는 다음 말을 이었다.

"이제 기도하지 않는 것은, 함석헌 선생님께서 내가 수술 전에 기도를 한다는 말을 들으시고 참기도는 아무도 보지 않는 곳에서 해야 함을 깨우쳐 주셨기 때문이네. 내가 보이기 위해서 기도한 것은 아니나 그 말씀을 듣고 보니 옳은 것 같아 이젠 마음속으로만 기도를 하고 수술에 든다네."

함석헌 선생은 종교가, 교육자로 '씨알의 소리'를 펴냈으며 기려와는 이북에서부터 오랜 우정을 나누어 오던 사람이었다.

환자가 부르는 곳이면 어디든지 그가 왕진했던 것처럼, 학생들이 찾는 곳이면 기려는 바쁜 시간을 틈내어 강의를 맡아 주었다.

20여 년을 의대생들과 만나는 동안 그의 강의는 진지하다 못해 엄숙한 의사로서의 수련장 같기도 했다.

학문에 대한 탁월한 지식과 진실한 그의 믿음, 그리고 겸손하기 그지없는 그의 인격을 의대생들은 존경했다.

"교수님께서 당뇨와 심장병을 앓고 계시다는 것을 압니다. 교수님 같은 의사가 자신의 병을 고치지 못하시는 이유를 들어 보고 싶습니다."

"그건 아픈 사람 편에 서서 있으라고 하나님께서 일부러 주신 병이 아닐까? 그러다 보니 이젠 그게 병이 아니라 오랜 동무 같네. 하하하."

기려도 학생들도 함께 웃었다.

그즈음 기려가 하루에 40여 명이나 만나는 환자들 중에는 반이상이 신경성 환자들이었다.

환자들은 무슨 지독한 병에 걸린 것 같다고 생각하며 기려를 찾아왔다.

기려는 이들을 위해 특별히 생각해 낸 팔씨름 치료법을 잘 사용했다.

〈팔씨름 치료법〉

"박사님, 손가락도 움직일 수 없어요. 이렇게 기운이 빠지다가 얼마 못 가서 죽어 버리려나 봅니다."

환자는 정말 기운이라곤 하나도 없어 보인다.

"그래요? 어디 봅시다. 나도 이제 팔십이 넘어 기운이 하루가 다르게 빠진다오. 우리 둘 중에 누가 더 기운이 센지 팔씨름 한번 해 볼까요?"

"예? 박사님과 팔씨름을요?"

환자는 뜻밖의 제안에 깜짝 놀라고 만다.

"예, 어느 정도 기운이 없는지 알아보기 위해 나와 팔씨름을 해 봅시다. 그래야 내가 처방을 내릴 것 아니겠어요?"

환자는 이런 의사는 처음 보았다는 듯 어이없어하다가 이미 책상 위로 걷어붙인 팔목을 내놓은 기려를 보게 된다.

환자는 유달리 손이 작은 기려에게 이길 것 같다고 느낀다.

"그럼 해 봅시다, 원장님."

환자의 목소리에 조금 전보다 기운이 돌고 있다.

팔씨름에서 지는 쪽은 언제나 기려였다.

그리고 지고 난 기려는 투덜거리듯 말한다.

"당신, 이제 보니 순 거짓말쟁이구려. 기운이 없다뇨? 수만 명을 치료한 이 손을 이겨 놓고 어디서 그런 거짓말을 하오?"

팔씨름으로 조금 상기된 환자는 장기려를 이긴 것이 어쩐지 미안하기도 하고, 아직 기운이 남아 있어 기쁘기도 했다.

그래서 거짓말쟁이라고 꾸짖어도 조금도 화내지 않고 도리어 '허허' 하고 웃는다.

"그만 가 보시오, 병이 없으니⋯⋯."

"아니, 박사님. 그럼 잠이라도 푹 잘 수 있도록 무슨 처방을 가르쳐 주십시오."

환자는 병이 없다는 말에 안심이 되면서도 으레 또 약을 찾는다.

"그럼 내가 부르는 대로 받아쓰시오."

기려는 종이와 연필을 환자에게 내민다.

"첫째, 음식을 꼭꼭 씹어서 먹는다."

유치원 아이들도 다 아는 것이지만, 환자는 박사님이 부르는 대로 쓰지 않을 수가 없다.

"둘째, 아프다는 생각을 잊어버리도록 열심히 일을 한다."

"셋째, 하루에 두 시간씩 소리 내어 웃는다."

"그리고 마지막으로 하루에 8시간씩 푹 잔다. 이것이 당신의 병을 고치는 약이오."

기려가 부르는 대로 받아쓴 환자는 규칙적인 생활이야말로 가

장 좋은 약이라는 것을 깨닫고 웃으면서 돌아간다.

기려를 찾아온 한 경찰서장은 주머니 속에서 한 움큼의 약봉지를 꺼냈다.

"박사님, 이 많은 약 중에서 제게 어떤 약이 꼭 맞는지 가려 주십시오."

경찰서장은 여러 군데의 약방에서 조제해 온 알약들을 꺼내 보

였다.

"어떻게 아프기에 이런 약들을 모았소?"

기려는 알약들을 보는 대신 특별히 건강이 나빠 보이지 않는 경찰서장의 얼굴빛부터 살펴보았다.

"배가 자주 아픕니다. 그럴 때마다 약방에 가서 증세를 말했더니 이런 약들을 지어 주었습니다."

"그렇게 아픈 지가 얼마나 되었소?"

"한 이십 년 가까이 되나 봅니다."

경찰서장의 말에 기려는 짐짓 큰 목소리로 꾸짖듯이 말했다.

"예끼! 이 엉터리 같은 양반. 무슨 병이 이십 년이나 아팠다 나았다 한단 말이오? 세상에 그런 병은 없어요. 병이 들면 심해서 죽든가 낫든가 두 가지 중 하나지. 당신 말 들어 보니 몸에 병이 있는 것이 아니라 마음에 있는 모양이오."

"예? 제 마음에요?"

경찰서장은 놀라서 자기 가슴을 몇 번 두들겨 보았다.

"조금만 아파도 약에 의지하는 생각부터 고치시오. 당신의 병은 약을 떼야 낫소."

기려의 단호한 말에 경찰서장은 의자에서 벌떡 일어섰다.

"예, 박사님. 듣고 보니 정말 박사님 말씀이 옳습니다."

경찰서장은 기려가 보는 앞에서 한 움큼의 약을 휴지통에 버리고는 돌아가 버렸다.

그 일이 있은 지 10년 후였다.

기려가 제주도에서 급한 환자의 수술을 끝내고 비행장으로 나오는데 낯선 젊은이가 다가왔다.

"장 박사님이시죠? 저희 국장님이 박사님을 꼭 뵈어야 한다고 저보고 모시라 하셨습니다. 곧 도착하니 저기에 잠깐만 들어가 계십시오."

"당신 국장님이라니……, 누구 말이오?"

기려는 비행기 출발 시간이 가까워 마음이 몹시 급했다.

"○○○국장님입니다."

"○○○국장? 거 누구신지 생각이 잘 안 납니다그려."

그러자 검은 지프차 한 대가 와서 급히 멎었다.

"저기 오십니다."

차에서 내려 바쁘게 걸어온 제주도 도경국장은 낯선 사람이었다.

"박사님, 그동안 안녕하셨습니까? 저를 모르시겠지요. 한 10년 전에 약봉지를 여러 개 가지고 갔던 경찰서장입니다. 그때 박사님께서는 저에게 약을 먹지 말아야 병이 낫는다고 하셨지 않았습니까?"

그제야 기려는 생각이 났다.

"아! 이제 생각이 납니다. 그래, 지금도 배가 아픕니까?"

"배가 아프다니요? 그날 박사님 방에서 휴지통에 약을 버리고 나온 후부터 제 병이 바로 나았습니다. 박사님이 아니었으면 그런 처방이 있는 줄도 모르고 지금도 약봉지를 넣고 다녔을 것입니다."

제주도민의 안녕을 지키는 경찰국장의 건강한 표정이 기려에게 흐뭇한 미소를 짓게 했다.

작은 손거울 하나를 통해 세상을 바라보며 사는 사람, 이동기는 부산 아미동 까치고개에 살고 있다.

19세 때부터 척추를 앓아 오던 이동기는 병을 고치기 위해 부산 행려병자 구호소에 있다가 그곳에 자주 들르던 기려를 만나게 되었다. 이미 척추가 마비되어 일어날 수 없는 그는 대소변까지도 남의 손을 빌리고 있었다.

그런 이동기는 단 한 시간만이라도 자신의 몸을 마음대로 움직일 수 있는 기적이 온다면 스스로 목숨을 끊으리라 벼르고 있었다.

얼굴은 절망으로 일그러져 간병인들까지도 가까이 가기를 꺼렸다.

오랫동안 누워 있어 짓물러진 피부를 치료해 주며 기려는 이동기에게 생명의 고귀함을 일깨워 주는 기도를 했다.

그러나 기려의 기도는 그에게 반발심만 부추겼다.

평생을 누워서 수치스런 꼴만 남에게 보이고 살 자신의 생명이 소중하기는커녕 저주스럽기만 한 이동기였기 때문이다.

그렇게 마음까지 비뚤어진 그에게 누워서 할 수 있는 일을 생각해 보라는 기려의 말이 귀에 들어올 리가 없었다.

하지만 기려는 이동기의 반발에도 아랑곳하지 않고 구호소에 들를 때마다 그의 머리맡에 기도와 책을 쌓아 두고 갔다.

기려의 정성과 이동기의 절망이 만난 지 얼마를 지나자, 이동기는 자신도 모르게 기려를 기다리게 되었다.

그리고 어느 날부터 기려가 구호소에 들르면, 그의 손을 잡고 기도하는 이동기의 간절한 표정이 다른 환자들에게도 희망을 주었다.

그렇게 지내기를 7년이나 해 오던 어느 날, 이동기에게도 행운이 찾아왔다. 나날이 새롭게 달라져 가는 이동기를 지켜본 한 간병인이 평생을 그의 곁에서 손발이 되어 주겠다고 나선 것이다.

기려는 이런 이동기와 간병인을 위하여 현재 살고 있는 아미동 까치고개에 집 한 칸을 지어 주고 생활비도 대어 주며 그의 새 삶을 축복해 주었다.

가정을 가지게 된 이동기가 비록 불구의 몸이지만 누워서라도 할 수 있는 일을 찾아낸 것이 양계장이었다.

그의 독특한 양계장 설계는 보는 사람의 가슴을 뭉클하게 했다.

누워 있는 이동기의 손이 닿는 곳으로 달걀들이 내려오게 되어 있는 작은 양계장이었다.

따스한 온기가 묻어 있는 달걀 한 알 한 알을 손안에 느낄 적마다 그는 생명의 소중함을 확인하고 있었다.

기려가 그의 손을 잡고 하던 기도, 생명의 고귀함을 작은 달걀 한 알을 통해 비로소 깨달은 것이었다.

닭들의 떼죽음으로 양계를 그만두게 되었을 때도 이동기는 절망하지 않았고 그 시련을 세상을 향해 딛고 지나갈 디딤돌이라고 생각했다.

이동기는 그동안 기려가 가져다준 책들을 읽으며 그 자신도 글을 써 보려고 마음먹은 것이다.

"자네에겐 문학적 재능이 보이네."

기려의 이 한마디 격려가 그에게 큰 힘이 된 것은 말할 나위가 없었다.

〈오월의 환상〉

이동기는 누워서 국판 433쪽의 긴 소설을 썼다.

병들기 전에 보았던 고향 나주의 아름다운 오월을 이제 자신의 가슴 속에서 만나고 싶어 하는 한 남자의 이야기였다.

기려는 이 책의 서문을 써 주면서 흐르는 눈물을 감추지 못했다.

불구의 몸으로 뭔가 해야 한다는 그의 끈질긴 집념에 대한 감동이었다.

57세의 이동기.

착한 아내와 세 자녀를 두고 있는 그는 삶이 얼마나 소중한 것인지 장기려를 통하여 누구보다도 깊게 깨달은 사람이다.

이동기는 자신과 가족들에게, 그리고 40여 년 동안 큰 힘이 되어 준 장기려에게 보답하는 일로 지금은 두 번째 소설 〈하강하는 여신의 오후〉를 쓰고 있다.

오늘도 청십자 의원에 출근하려고 거울 앞에 선 기려는 검버섯이 돋아난 얼굴을 가만히 들여다본다.

그리고 오른쪽 눈썹 속에 숨어 있는 흉터 하나를 비밀스럽게 가려낸다.

이 흉터를 가리켜 기려는 '어린이의 흔적'이라고 혼자 이름 지어 불렀다.

기려가 4세 때였다.

집으로 놀러 온 아버지의 친구가 장난삼아,

"저 녀석 잡아라."

하시며 두 팔을 벌리고 오자 잡히지 않으려고 달아나다 그만 놋 쇠 화로에 엎어져 생긴 상처였다.

기려는 이 상처를 볼 때마다 그것을 어린이같이 욕심 없는 마 음으로 살아가라는 표지라고 생각했다.

그래서인지 기려에게는 집이 없다.

이 세상에 '장기려'라는 문패 달린 집을 가지기보다는 하늘나라 에 그의 집을 가지는 것이 더 중요하다고 생각했다.

기려에게는 어린이의 흔적이 하나 더 있다.

82세의 나이를 비켜 간 맑은 목소리가 그것이다.

오전 진료가 끝나면 그의 원장실엔 오르간 연주를 잘하는 간호 사가 악보를 들고 온다.

"원장님, 노래하시겠어요?"

"좋지요."

그는 간호사의 반주에 맞춰 노래를 곧잘 부른다.

찬송가, 가곡, 동요, 그리고 아내에게서 배운 노래를 부르는 것 은 하루 중 가장 행복한 시간이다.

기려의 노랫소리는 가끔 병실에까지 들려올 때가 있어 환자들 의 얼굴에 흐뭇한 미소를 돌게 한다.

노래를 끝낸 어느 날 오후, 환자복을 입은 아이 하나가 찾아왔다.

"할아버지, 많은 사람을 낫게 하시고, 가난한 사람들을 도와주신 할아버지 손을 한번 잡아 보고 싶어요. 저도 커서 할아버지 같은 약손을 가진 의사가 되고 싶거든요."

꼬마의 말에 기려는 손을 펴 보이며 웃었다.

"내 손이 약손이라니 고맙구나."

"어떻게 하면 할아버지 같은 의사가 될 수 있어요?"

꼬마는 기려의 손을 꼭 잡으며 물었다.

"나는 하나님에게 한 약속을 지키려고 애쓴 것뿐이란다. 의사가 되면 가난한 사람들을 위해서 일하겠다고 약속을 했거든."

"그럼 할아버지의 손은 약속을 지킨 약손도 되는군요."

"하하하, 네 말이 그럴듯하구나. 그래, 그렇게 생각해 주어 정말 고맙다."

눈썹 속의 상처를 어린이처럼 살라는 표지라고 믿고 사는 여든 둘의 할아버지 장기려는 '나의 세계는 내가 사랑하는 것 속에 있다'고 언제나 말한다.

그가 날마다 만들어 내는 수많은 사랑의 빛살들이 가는 곳, 거기가 바로 장기려의 세계이다.

어린이보다 더 어린이

장기려 박사님이 가신 지 벌써 15년이다.

1995년 12월 25일 새벽, 아기 예수가 말구유에서 태어나던 그 시각에 장 박사님은 하늘나라로 가셨다. 참사랑의 모습이 이런 것이라고 가르쳐 주기 위해 이 땅에 왔다가 다시 그 나라로 돌아가신 것이다.

박사님은 어린아이의 마음을 가지지 않고서는 천국으로 갈 수 없다는 성서의 말씀을 그대로 믿으셨다. 그래서 서너 살 때 넘어져서 얻은 눈썹 속의 상처를 두고 평생을 어린이의 마음으로 살아가라고 하나님이 만들어 주신 표지라며 자랑스러워하시던, 어쩌면 어린이보다 더 어린이 같은 어른이셨다. 어린이도 서너 살이 넘으면 자기에게 이익이 되도록 꾸며서 이야기할 줄을 안다. 그러나 박사님은 평생을 눈썹 속의 표지처럼 서너 살의 어린이 마음을 그대로 지니고 살다가 가셨다. 그래서 그분이 가신 곳을 하늘나라라고 확신하지 않을 수 없다.

'할아버지 손은 약손'이 책으로 나온 지 얼마 후 박사님은 중풍으로 쓰러지셨다. 그때 의사인 그에게 내가 해 드릴 수 있는 일은 가끔씩 들러서 도깨비 이야기를 들려 드리는 것뿐이었다. 박사님은 병상에서도 어린아이처럼 도깨비 이야기를 듣기 위해서 나를 기다리시곤 했다.

셰헤라자드 왕비가 왕으로부터 죽음을 면하기 위하여 지어낸 1000일 밤 동안의 이야기가 '아라비안 나이트'였던 것처럼 나는 이 도깨비 이야기로 박사님의 생명을 이어 갈 수 있다면 얼마나 좋을까 하는 생각을 병실을 찾을 때마다 가져 보곤 했다.

박사님의 통일에 대한 생각 또한 어린아이처럼 아주 소박하셨다. 정치 이념도 경제 원리도 아닌 사랑만이 통일의 지름길이라고 늘 말씀하셨다.

남북 적십자 회담이 무르익어 곧 이산가족이 만나게 될 듯한 희망이 보이던 어느 해엔, 부산 고신대 병원 옥상에 마련된 숙소의 이곳 저곳을 사진으로 찍어 두기까지 하셨다. 북의 아내에게 남쪽에서 이렇게 살고 있으니 걱정하지 말라고 보여 주고 싶으셨던 것이다. 결국 회담이 깨어져 가족을 만날 수 없게 되자 박사님은 북쪽 하늘만 말없이 바라보셨다. 그리고 영원한 만남인 하늘나라에서의 약속이 있으니 그때를 기다리겠냐고 서운함을 감추셨다.

이제 박사님이 그토록 기다리시던 통일의 꿈도 눈앞에 와 있다. 남쪽에서 북쪽으로 보낸 그 '햇볕'이 바로 사랑이 아닌가 생각한다.

한 사람이 어떻게 살았는가 하는 평가는 무덤 속에 들어간 후에야 비로소 안다고 말한다.

'할아버지 손은 약손'이 어느새 35쇄를 넘기고 판을 바꿔 개정판으로 거듭나니 기쁘다. 박사님의 진실되고 헌신적인 삶이 우리 어린이에게 비춰진 모습을 알 수 있을 것 같기 때문이다.

일생을 오직 봉사로만 살다 가신 장기려 박사님.

세상에서 그의 문패 달린 집 한 칸 없이 사시다가 경기도 모란공원 묘지 볕 바른 곳에다 비로소 영원한 집을 마련하셨다.

그 집의 문패에는 이렇게 쓰여 있다.

'주를 섬기다 간 사람 여기 잠들다.'

2011년 3월

한 수 연

장기려 박사,
타계 30주기 개정판을 내면서

1989년 소년한국일보에서는 청소년들에게 본보기 인물들의 바르고 진실한 삶을 들려주기 위한 특별 기획 '소년소녀를 위한 현대 인물전'을 마련했다. 김기창, 손기정, 정주영, 김우중, 장기려, 김수환, 한경직 등 우리 시대의 아름다운 얼굴들이 선정되었다.

필자는 '한국의 슈바이처', '살아 있는 푸른 십자가', '작은 예수'로 알려진 장기려 박사님을 '할아버지 손은 약손'이라는 제목으로 1992년 3월 10일부터 6월 2일까지 소년한국일보에 연재했다.

한 달에 두 번, 토요일 오후에 인터뷰하러 부산 고신대학교복음병원으로 향했다. 엘리베이터가 더 이상 올라가지 않는 7층에서 내려 가파른 계단을 올라가면 그곳 옥탑방에 내 인생의 가장 큰 선물, '작은 예수' 장기려 박사님이 살고 계셨다.

벨을 누르기 전에 오늘 인터뷰할 내용을 한 번 더 중얼거리며 숨 고르기를 하던 때가 어제인 듯 손에 잡힌다. 돌아가시기 몇 시간 전 박사님의 차가운 손을 잡고 마지막 인사를 드린, 그 크리스마스이브가 어느새 30주기라니….

연재가 끝나고 '할아버지 손은 약손'이 책으로 나온 후에도 필자는 한 달에 한 번은 병상에 계시는 박사님께 도깨비 이야기를 들려 드리며 놀다가 오곤 했다. 박사님은 아이처럼 도깨비 이야기를 무척 좋아하셨다. 여든다섯의 박사님께 필자가 할 수 있는 일이 그것밖에 없어서 안타까웠다.

한 해에도 수없이 받는 독자들의 편지, 장 박사님 같은 의사가 되겠다고 진로를 약속하는 학생들을 만나면 박사님을 만난 듯 반갑고 고맙다. 그 열기가 모여 '할아버지 손은 약손'의 두 번째 개정판이 나오니 작가로서 기쁨은 말할 수가 없다.

어느 날 박사님은, '작가들은 참 이상한 사람들이야. 꼭 내 마음 속에 들어갔다 나온 것처럼 글을 쓰거든.'라는 말씀과 함께 좋은 글을 많이 쓰라며 자신이 쓰시던 파카 만년필과 벼루, 붓 세 자루, 그리고 잔을 주셨다. 그 순간 유품을 받은 듯 마음이 숙연해졌다.

일본 글씨가 쓰인 잔의 내력을 여쭤보았더니 일본 도예가 선생에게서 선물로 받은 것이라 하셨다. '앙모 장기려 선생(仰慕 長起呂 先生) 주님은 사랑이시다'라고 새길 만큼 믿음이 신실한 분이라 하셨다.

이 잔은 내 서가 한쪽에서 조용히 나의 일상을 바라보고 있다. 글이 잘 안 써질 때나 위로가 필요할 때, 나는 이 잔으로 차를 마시곤 한다. 우리 시대의 아름다운 성자, 장기려 박사님이 내 가까이서 지켜보는 것을 느끼며.

박사님께서 주신 소중한 것들을 이제 '성산 장기려 기념사업회'로 보낸다. 개인 소장품이 아닌 장기려를 사랑하는 모든 사람들의 애장품이 되게 하려는 마음에서다.

그동안 '할아버지 손은 약손'을 사랑해 주신 독자들과 문예춘추사 한승수 사장님께도 깊은 감사를 드린다.

한 수연

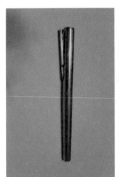  

이 책의 주인공 장기려 박사님은

1911년   평북 용천군 양하면 입암동에서 태어남.
1918년   아버지(장운섭)가 세운 의성학교에 들어감.
1923년   의성학교를 수석으로 졸업하고, 개성 송도고보에 입학.
1928년   송도고보를 수석으로 졸업하고, 경성의학전문학교에 입학.
1932년   경성의학전문학교를 졸업하고 백인제 교수의 조수로 모교 연구실에서 일함.
          김봉숙 여사와 결혼.
1938년   경성의학전문학교 강사로 임명.
1940년   일본 나고야대학에 논문 〈충수염 및 충수염성 복막염의 세균학적 연구〉를 제출하여, 의
          학박사 학위를 받음. 평양 기홀병원(연합기독병원) 외과 과장으로 부임하여 1945년 8월
          해방될 때까지 근무.
1943년   간암 환자를 최초로 수술하고 이를 조선의학회에 발표.
1945년   평북 개천에서 신병요양 중에 8·15 광복을 맞다. 평남 제1인민병원 원장 겸 외과과장으
          로 1950년 10월까지 근무함.
1946년   김일성대학 의대 외과학 강좌장으로 추천되어 사양하다가 주일에 교회에 나가는 조건
          으로 부임.
1950년   국군이 평양에 들어오자 유엔 민사처 의원과 야전 병원 외과의로 일하다가 후퇴하는 국
          군을 따라 국군 군용차로 남쪽으로 내려와 부산에 도착, 제3육군병원에 근무.
1951년   영도에서 교회 창고를 빌려 무료 진료소 〈복음병원〉을 열다.
1953년   부산대 의대 교수로 임명되어 1965년까지 봉직.
1954년   서울대 의대 교수를 겸임.
1959년   우리나라에서 처음으로 간 대량절제 수술 성공.
1968년   우리나라 최초의 의료보험 조합인 부산 청십자 의료협동조합을 세움.
1975년   청십자 의원을 개설.
1976년   한국 청십자 사회복지회를 설립.
1995년   세상을 떠남.

                    * * *
          1961년   대한의학회 학술상(대통령상) 받음.
          1975년   부산시 〈선한 시민상〉 받음.
          1976년   국민훈장 동백장 받음.
          1978년   대한적십자사 인도상 받음.
          1979년   막사이사이 사회봉사상 받음.
          1980년   제23회 부산시문화상 받음.
          1981년   국제라이온스 인도상 받음.
          1991년   제1회 호암상(사회봉사부분) 받음.
          1995년   제4회 인도주의실천의사상 받음.
          1996년   국민훈장 무궁화장(대통령) 받음.
          2006년   과학기술인 명예의 전당에 오름.